主编 凌翔　　　　　　　　　　当代

爱比受多了一颗心

周淑娟 著

天津出版传媒集团

天津人民出版社

图书在版编目 (CIP) 数据

爱比受多了一颗心：周淑娟领读《红楼梦》/ 周淑
娟著 . -- 天津：天津人民出版社，2020.10
（当代著名作家美文自选集 / 凌翔主编）
ISBN 978-7-201-16462-5

Ⅰ . ①爱… Ⅱ . ①周… Ⅲ . ①散文集－中国－当代
Ⅳ . ① I267

中国版本图书馆 CIP 数据核字（2020）第 181442 号

爱比受多了一颗心　周淑娟领读《红楼梦》
AIBISHOUDUOLEYIKEXIN　ZHOUSHUJUAN LINGDU《HONGLOUMENG》

出　　版	天津人民出版社
出 版 人	刘　庆
地　　址	天津市和平区西康路 35 号康岳大厦
邮政编码	300051
邮购电话	（022）23332469
电子信箱	reader@tjrmcbs.com
责任编辑	岳　勇
装帧设计	陈　姝
印　　刷	唐山楠萍印务有限公司
经　　销	新华书店
开　　本	710 毫米 ×1000 毫米　1/16
印　　张	13
字　　数	200 千字
版次印次	2020 年 10 月第 1 版　2020 年 10 月第 1 次印刷
定　　价	49.80 元

目　录

第一辑　红楼·风标

流水落花春去也

初冬、中秋、盛夏，流水落花春去也。在话语与话语之间，在脚步与脚步之间，我突然感受到了与季节之间的微妙关联，于是有刹那的人定，让我低头，让我失语。

初冬：爱情婚姻之谋

"林间暖酒烧红叶，山中冷风扫绿苔。"在大自然面前，我的表情那么严肃，内心却有短暂的自由。

"自在飞花轻似梦，无边丝雨细如愁。"读王国维《人间词话》，延伸至秦观的《浣溪沙》。秦观的这句诗，无端推出了黛玉和紫鹃、宝钗和莺儿。

莺儿姓黄，原名金莺。宝钗有聪明的金莺，黛玉有忠诚的紫鹃。紫鹃，怎不令人想起那啼血的杜鹃。

王国维认为，南唐后主李煜的词"真所谓以血书者也"。李煜的"流水落花春去也，天上人间"一句，出自《浪淘沙令》，宋徽宗赵佶的《燕山亭》与之相似，但两人境界有高低。我读两位亡国之君的词，一方面感受着赵佶的身世之戚，另一方面想看看李煜是否负荷着人类罪恶。

借用王国维的说法，曹雪芹的"满纸荒唐言"实在是血书，紫鹃为黛玉"情辞试莽玉"也是血书，黛玉为宝玉"焚稿断痴情"更是血书。那么"比通灵金莺微露意""黄金莺巧结梅花络"，也都是血书吗？

湘云脸上起了春癣，宝钗命莺儿到黛玉处去取蔷薇硝，莺儿在路上编了个柳枝花篮。蕊官想要，莺儿是咋说的？"这一个咱们送林姑娘……"花篮送给黛玉，黛玉又是咋说的？"怪道人赞你的手巧，这玩意儿却也别致。"这么看来，宝钗的丫鬟莺儿很懂黛玉的情调和格局。

莺儿手巧，走着路就能编个柳枝花篮送给黛玉，说着话就能替宝玉打好梅花络。"大红的须是黑络子才好看，或是石青的才压得住颜色""松花配桃红""葱绿柳黄是我最爱的"，黄金莺颜色搭配得真好。一炷香，朝天凳，象眼块，方胜，连环，梅花，柳叶，攒心梅花，黄金莺会的花样也挺多。

莺儿手再巧，创意也比不上宝钗，仍需宝钗来指导。宝钗建议宝玉"打个络子把玉络上"，对于颜色和手法见解独到："若用杂色断然使不得，大红又犯了色，黄的又不起眼，黑的又过暗。等我想个法儿：把那金线拿来，配着黑珠儿线，一根一根地拈上，打成络子，这才好看。"

手巧不算啥，嘴巧才贴心，莺儿为宝钗费尽心机，用尽心血。宝钗到来前，莺儿正和宝玉说到宝姑娘的"好处"。话题先由宝玉引起："我常常和袭人说，明儿不知哪一个有福的消受你们主子奴才两个呢。"莺儿聪明绝顶："你还不知道我们姑娘有几样世人都没有的好处呢，模样儿还在次。"莺儿的话起了"特效"，宝玉见莺儿娇憨婉转，早不胜其情了，更哪堪提起宝钗来！读者正期待下文，只听外头宝钗说了句："怎么这样静悄悄的！"

说起宝姑娘的好处，还没进入正题，宝钗就来了，真是说曹操曹操就到啊。提起宝钗项圈上的字，刚说到关键，宝钗就制止了莺儿，果然是话不在多，点到为止啊。这样的戛然而止，我们并不陌生。

　　"莫失莫忘，仙寿恒昌。"宝钗看着宝玉的玉，念出了声。"我听这两句话，倒像和姑娘的项圈上的两句话是一对儿。"莺儿接过了话头。宝玉的好奇心起来了，非要看宝钗的，看后也认为"姐姐这八个字倒真与我的是一对"。莺儿笑道："是个癞头和尚送的，他说必须錾在金器上——"宝钗不等莺儿说完，便制止了她。

　　金莺、紫鹃，都是好鸟，也都是红娘。紫鹃能"情辞试莽玉"，"比通灵"时金莺为什么不能"微露意"？黛玉能因木石前盟"焚稿断痴情"，宝钗为"金玉良缘""出闺成大礼"也就无可厚非。可是紫鹃和黛玉为什么那么令人痛心呢？

　　王国维读李煜，看到了李煜的"感慨遂深"。我读《红楼梦》，自己却"感慨遂深"。为爱情与婚姻，没有谋划、没有帮手真的不行。

　　紫鹃，曾经鲁莽过，一度心热过。紫鹃对宝玉说他林妹妹要回苏州去，引得宝玉魂飞魄散，惹得贾母眼内出火。

　　紫鹃倾情为宝黛，贾母倾力为宝黛。"我当有什么要紧大事，原来是这句玩话。"等弄明白是怎么回事后，贾母眼中流泪了。

　　宝玉和黛玉闹了那么大动静，谁不懂得薛姨妈嘴里的"兄妹情"是一出紫鹃引发的"情探"？但是贾母没有责怪他们的意思，哪怕一丝一毫。

　　我始终认为，贾母一直在成全宝玉和黛玉，至于后来态度突变，一是可能遇到了难言之隐或巨大危机，二是后四十回（无论是续写还是整理）有可能违背了作者的原意或初衷。

　　流水落花春去也，哪管什么落花有意流水无情。而秋冬季，是感受绽放与衰落的季节。衰落与绽放，在有情人眼中，姿态同样美丽，在无情人心里，意境截然不同。

中秋：那些刚烈的女子

中秋假期，闭门读书。陶醉于花香，心满意足；沉浸于书香，神清气爽。

读着唐宋传奇，想着《红楼梦》《桃花扇》，我突然意识到，我所欣赏的女子，大多带些刚烈。袭人，似桂如兰，我只原谅，不喜欢。宝钗，守愚藏拙，我只理解，不信任。黛玉，敢爱敢恨，在个人尊严面前，缠绵的她绝不缠绵不休，以死赴情。李香君，有气有节，在国家命运面前，哀怨的她绝不哀怨不绝，以血明志。

探春、晴雯呢？李师师、霍小玉呢？她们，都有一个不尴不尬的出身。但是却丝毫不妨碍她们刚烈地活着，刚烈地死去。

探春，庶出，母亲是贾政的妾，那个自己不堪、令人难堪的赵姨娘。因为是庶出，探春的心理与婚姻多少都会受到影响。但是她能干，她漂亮，她明朗，尤为可贵的是，她刚烈。抄检大观园时，别人都是唯唯诺诺聪明明理如宝钗，当时也只是隐忍不发，事后尽快避嫌而去。但是探春不同，她打，她骂，她指出内讧的可怕、抄检的祸害。那一刻，她再次困扰于自己的女儿身，渴望自己能像男儿一样走出去，开辟一番新天地。

晴雯的出身，简直没法说。她是奴才的奴才，赖大家买来的婢女。赖嬷嬷看贾母喜欢晴雯，就把她孝敬给了贾母，贾母又把她指派给了宝玉。虽同在怡红院服务，袭人有母亲有哥哥，还有漂亮而得体的姨表妹，晴雯却只有名声不好的表哥"多浑虫"和声名极坏的表嫂"多姑娘"。晴雯，和探春一样，也能干，也漂亮，也明朗，也刚烈——虽然有时近乎"爆炭"。

这样的出身，却被一句话照亮。探春说，"我但凡是个男儿，早走了"，便是心胸与块垒；晴雯说，"早知今日，何不当初"，也是见地与情怀。

唐宋传奇里，霍小玉的出身与《红楼梦》里的探春相似，都有着尊贵的父亲、卑贱的母亲。

霍小玉，"故霍王之女，王甚爱之。母曰净持，即王之宠婢也。"霍王一死，诸位弟兄嫌弃她们母女出身"贱庶"，于是扫地出门。从此，霍小玉易姓为郑，入了"倡籍"，成为郑小玉，隐瞒了她是霍王女儿的出身。她卑贱而平庸的人生，却因进士李益起了波澜。她与他，一个爱才，一个重色，度过了一段"两好相映，才貌相兼"的好日子。和杜十娘的李甲一个套路，李益为了体面的婚姻成了负心汉，避而不见霍小玉。面对李郎"负心"，霍小玉选择"薄命"，饮恨而终。

尤三姐对柳湘莲，五年痴情，挥剑而斩，但剑锋也只能对着自己。尤三姐"耻情"而死，到底"耻"的是什么？是自己的一厢情愿还是柳湘莲的冷心冷面？柳湘莲，悔婚索剑，听信谗言。羞辱，天大的羞辱，尤三姐怎能不觉？

霍小玉不同，她以语言的利剑刺向李益，死前发出"诅咒"："我死之后，必为厉鬼，使君妻妾，终日不安！"霍小玉兑现了自己的"诺言"，李益连娶三妻，都没能免除"猜忌"的厄运。

唐宋传奇里，李师师的出身与《红楼梦》里的晴雯相似，都来自社会底层，是无父无母、无依无靠的孤女。

李师师，其实姓王，汴京染局匠王寅之女。"寅妻既产女而卒"，王寅因疼爱女儿，按照当地风俗，让女儿"舍身佛寺"。"为佛弟子者，俗称为师"，所以得名"师师"。祸不单行，王寅死于狱中，"师师无所归，有倡籍李姥者收养之"，王师师成为李师师，"色艺绝伟"。

她为他弹过《平沙落雁》《梅花三叠》，未因"性好洁""性颜傻""性好静""性好素"而得罪他。他赠她宝琴，赐她匾额，送钱物不下十万，建"潜道"长达二三里。他与她，初识于大观三年八月十七日。

后来，金人破汴，她"脱金簪自刺其喉，不死，折而吞之，乃死"，他在五国城知她惨烈死状"犹不自禁其涕泣之泛澜也"。

传奇里的"烈女"也出现在周密的《武林旧事》里：她流落杭州，憔悴不堪，不复如初。他被金兵虏走，北上五国城。

他，宋徽宗。她，李师师。

韦妃曾私问宋徽宗：李家女有什么好，值得你如此喜欢。宋徽宗答曰："其一种幽姿逸韵，要在色容之外耳。"一个身为下贱的女子，生前玄绢褐袄，不着艳装，死后，人赞她"烈烈有侠士风"。

探春、晴雯、尤三姐，李师师、霍小玉、李香君，"刚""烈"的女子，有悔不当初的有何必当初的，有分道扬镳的有生死相随的。只是那些女子——有情的、无情的，刚烈的、顺从的——而今何在？

我把目光投向窗外，天空中白云朵朵，衬得一片天空，格外地蓝。

盛夏：红颜岂能不屈从

爱上一个人，猝不及防。一个人老去，也是突然的。

突然醒来的盛夏夜，我发现自己爱上了妙玉。当我终于懂得什么叫作"气质美如兰，才华阜比仙"，当我总算明白了什么叫作"风尘肮脏违心愿，无瑕白玉遭泥陷"，我知道，在她眼里，我的爱俗不可耐。

妙玉、黛玉、香菱，三个妙龄女子，有诸多共同：生活在京都的贾府，老家却在人杰地灵的苏州。来自温柔富贵乡，却又因父母双亡永远无法回到原籍。生于繁华之地富贵之家，却天生有股诗意有种痴情。

和妙玉相比，黛玉亲和、幸运。黛玉追求爱情、婚姻，即便孤标傲世，那也是俗世的"槛内人"，做到了"质本洁来还洁去"。妙玉却自称"槛外人""畸零人"，她"欲洁何曾洁"，人生的主题曲始终回旋着"世难容"——太高人愈妒，过洁世同嫌。

为她痛心，因她心痛。且不去铺陈她如何"太高"、怎样"过洁"，亦不去推断她神秘莫测的出身以及走火入魔的情感，直奔她的结局而去。虽然她的结局就是——没有结局。

说到结局，我们要看看"初见"。理解一个人，往往要筛去漫漫岁月里的龃龉，才能够回到初衷，看到初心。此谓，原谅，更是，慈悲。

当初，妙玉为何要进贾府？元春荣升贵妃，得以回娘家省亲，贾府兴兴头头，欢欢乐乐，先到苏州"采买"了十二个小戏子，接着下帖子"请进"了恰好在京的妙玉。

妙玉是何等样人物？林之孝家的这样描述：带发修行，本是苏州人氏，祖上也是读书仕宦之家。今年才十八岁，法名妙玉。如今父母俱已亡故，身边只有两个老嬷嬷、一个小丫头服侍。文墨也极通，经文也不用学了，模样儿又极好。去岁随了师父上来，现在西门外牟尼院住着。师父于去冬圆寂了，她本欲扶灵回乡的，师父临寂遗言，说她"衣食起居不宜回乡，在此静居，后来自然有你的结果"，所以她竟未回乡。

王夫人不等林之孝家的说完，便说："既这样，我们何不接了她来。"林之孝家的答："她说'侯门公府，必以贵势压人，我再不去的'。"王夫人笑道："既是官宦小姐，自然骄傲些，就下个帖子请他何妨。"就这样，说"不去"的妙玉还是"去"了，走进了大观园栊翠庵，踏入了滚滚红尘中。尘世中，谁又能真正做一个"槛外人"？

邢岫烟评说妙玉"为人孤高，不合时宜"。李纨直说最讨厌妙玉的为人。妙玉孤僻，众人厌恶其实只是表象。无论多骄傲多高洁，她都不过是权贵的"玩物"，甚至不如她庵里的茶、她手中的茶具。青灯古殿里纤尘不染的女子，大概比红粉朱楼中的庸脂俗粉更适合"被意淫""被玩味"。对权贵来说，妙玉只是"花瓶"，是"艺伎"，是另类，是怪物。而玩味妙玉这样的玩物，则是流行的追逐，是身价的象征。

虽不算善待妙玉，贾府确也没有亏待过她；虽然没有真正的朋友，妙玉在贾府也享受着高贵的孤独。贾家败落后，妙玉流亡到了"瓜洲渡口"，都无法摆脱"红颜固不能不屈从枯骨"的宿命。

靖本眉批虽是只言片语，读者也能体会到妙玉巨大的痛苦。红颜、枯骨，不能不、屈从，这样的字眼，自然令人联想到权贵。"侯门公府，必以贵势压人，我再不去的。"妙玉的话，多么孤傲决绝，掷地有声，可是她若"不去"，就只有黄泉路可走了。

靖本眉批提到红颜屈从枯骨，详情不得而知，这是妙玉的"欲洁何曾洁""云空未必空"。高鹗续本中，为王孙公子贾宝玉走火入魔，直至"遭劫"，被众贼凌辱，是妙玉另一个版本的"欲洁何曾洁""云空未必空"。前者，戏剧化的是外力；后者，庸俗化了她的内心。

我不知道，妙玉的"不洁""不空"，到底是因为外力强大还是内功不够？却想到了两则不相干的故事。张敞画眉、范蠡泛舟，都是家喻户晓的美谈。美谈背后，不为人知的还有什么？

张敞为爱人画眉，竟有人告到皇帝那里。皇帝是明君，只赞美当事人，并不理会小人。何谓恩爱？何谓小节？为挽救越国，范蠡亲送爱人西施到吴国为妃子为"祸水"，吴王夫差倾一国之力宠爱西施，西施当真"倾国倾城"，吴亡后才有了范蠡与西施泛舟太湖之上。何谓薄情？何谓大义？

红颜，不管屈从的是枯骨还是自己，不管充当的是"祸水"还是"爱人"，都让人不忍置喙。但我总觉得，爱恨从来都不是妙玉的大事，生死才是。妙玉，庙宇？

当威严的庙宇都庇护不住一个无欲无求、无职无权的弱女子时，她将如何？当精妙的佛经都周全不了一介不争不斗、不是不非的孤女子时，她又该如何？

为生，屈从；为活，肮脏。

众里寻她千百度

年少轻狂时，对《红楼梦》只知用唯美的读法，不懂黛玉"明媚鲜妍能几时，一朝漂泊难寻觅"这样大段的"内心独白"所为何来，也不懂宝玉关于"未婚女子是珍珠，婚后女人是死鱼眼珠"那样的"歪理邪说"从何而来。

青春远离之后，才想到，原来，那公认的家族挽歌其实更是青春的挽歌，而那红楼十二曲，曲曲都在唱着青春的颂歌。歌唱，为虚化的心事，为幻灭的富贵，为将就的婚姻，为失落的爱情，为逝去的时光。

红玉，隔花人远天涯近

一树海棠，一架蔷薇，遮住了你的视线。如果你想看一眼那个可爱的女子，你会怎样？众里寻他千百度？隔花人远天涯近？

桃树下，宝玉黛玉共读《西厢》，大家心旌摇荡——他俩的恋情尽人皆知。隔着海棠，宝玉偷看红玉，大家欲罢不能——这是个无人知晓的瞬间。

开头是宝玉渴望见到林红玉的种种煎熬，结尾却出人意料地安排薛蟠见到了林黛玉，《红楼梦》的第二十五回果真不负我等。

"谁知宝玉昨儿见了红玉，也就留了心。若要直点名唤他来使用，一则怕袭人等寒心，二则又不知红玉是何等行为，若好还罢了，若不好起来，那时倒不好退送的。因此心下闷闷的，早起来也不梳洗，只坐着出神。一时下了窗子，隔着纱屉子，向外看的真切，只见好几个丫头在那里扫地，都擦胭抹粉，簪花插柳的，独不见昨儿那一个。"虽然"向外看的真切"，却"独不见昨儿那一个"，宝玉该有多么失落啊。

但是惊喜还是来了："宝玉便趿了鞋，晃出了房门，只妆着看花儿，这里瞧瞧，那里望望。一抬头，只见西南角上游廊底下栏杆外，似有一个人在那里倚着。却恨面前有一株海棠花遮着，看不真切。只得又转了一步，仔细一看，可不是昨儿的那个丫头在那里出神！待要迎上去，又不好去的。正想着，忽见碧痕来催他洗脸，只得进去了。""却恨面前有一株海棠花遮着"，看不真切的宝玉该有多么急切啊。

好不容易避开海棠，等到宝玉确认那个丫头就是林红玉的时候，人为"阻挠"又来了——先有碧痕来催宝玉洗脸，后有袭人指派林红玉到林黛玉那里去借喷壶。你看，宝玉一点都不"任性"，就连见个女下属都那么为难。

难怪脂砚批曰：余所谓此书之妙皆从诗词句中泛出者，皆系此等笔墨也。试问观者，此非"隔花人远天涯近"乎？

一句"隔花人远天涯近"，竟让人无语。《红楼梦》的作者曹雪芹借鉴《西厢记》，《红楼梦》的评点者脂砚斋也"拿来"《西厢记》。

王实甫《西厢记》中有一段叫作"混江龙"的唱词：落红成阵，风飘万点正愁人；池塘梦晓，阑槛辞春。蝶粉轻沾飞絮雪，燕泥香惹落花尘。系春心情短柳丝长，隔花阴人远天涯近。香消了六朝金粉，清减了三楚精神。

那年宝玉读到"落红成阵"时，风吹过，满身满书满地皆是花片。接着，黛玉来了，一口气看了好几出戏文，惹得宝玉自比张生——我就是那多愁多病的身，黛玉自然被宝玉比作莺莺——你就是那倾国倾城的貌。

宝黛二人，葬过桃花便赏海棠，看过《西厢记》便听《牡丹亭》。而我们，看过第二十五回的开头，再看它的结尾："别人慌张自不必讲，独有薛蟠更比诸人忙到十分去：又恐薛姨妈被人挤倒，又恐薛宝钗被人瞧见，又恐香菱被人臊皮，知道贾珍等是在女人身上做功夫的，因此忙的不堪。忽一眼瞥见了林黛玉风流婉转，已酥倒在那里。"

"呆霸王"知道亲友的"歹意"，却又对亲友生出"歹意"——薛蟠跃然纸上。若再加上脂砚斋的点评，更会让你过瘾：忙到容针不能。此似唐突颦儿，却是写情字万不能禁止者，又可知颦儿之丰神若仙子也。

忙中偷闲——忙到容针不能却偷出一段闲文来，真是大章法。

忙什么？忙的是，人命关天。凤姐和宝玉被赵姨娘和马道婆施了魔魔法，以至于叔嫂二人命在旦夕，亲戚朋友都赶去探望。

闲什么？闲的是，见与不见。宝玉"有意"见到林红玉，却被海棠花遮着了，画面感强。薛蟠"不意"见到了林黛玉，立马"酥倒在那里"，活色生香。

海棠花开，宝玉隔着海棠总算看到了红玉。蔷薇花开，宝玉隔着蔷薇不经意间看到了龄官。这样的画面，这样的空间，是园林的也是文字的，是理智的也是情感的，是作者的也是读者的。

你还想跟着谁去看这样美妙的画面？娇杏看到了窗内翻书的贾雨村，贾雨村看到了窗外撷花的娇杏，从此有了她"一回头"的姻缘？宝玉隔着蔷薇药栏看到了画"蔷"的龄官，龄官隔着繁茂的花枝误把宝玉唤作"姐姐"，自此方使他悟到情缘各有分定？

香菱，根并荷花一茎香

人，活在关系里，也活在角色里。今天我要说的关系是几个人的师生关系。它们相似又不相似。

先是在《作家通讯》上，看到王干的文章《读着汪曾祺老去》。

汪曾祺作为"里下河文学"的标杆，影响了整个扬泰地区的作家。"生前没有太多地位，也没有话语权，甚至没有住房"，但是"读者和时间一直把他往前台推，往经典、大家的地位排"。王干坦承深受汪老的鼓励和影响，坚定了闯荡世界的愿望。如今的王干是《小说选刊》副主编、著名文学评论家，曾在南京市委党校为江苏的中国作协会员授过一次课——真的不错。

"过去先生帮后生，今天后生帮先生。对帮人者而言，他要有眼光有胸怀。对于被帮者而言，他要有天资有良心。如此，方能成就一段师生情义。"先生的一段话，引起我的沉思。是啊，有个好老师好先生是福气，有个好学生好后生更是福气。

从王干，我想到了叶嘉莹；从汪曾祺，我想到了顾随。上大学时，我就读叶嘉莹的《唐宋词十七讲》。注重诗歌美感本身，令人觉得新鲜。直至最近，我才知道顾随是她老师，她听了顾随六年课。顾随期望弟子自我开悟，而不是墨守成规，所以讲自觉、觉人，自利、利他，自度、度人。在课堂上，他鼓励学生："见过于师，方堪传授；见与师齐，减师半德。"在信中，他认可叶嘉莹："假使苦水有法可传，则截至今日，凡所有法，足下已尽得之。"

尽得师传的叶嘉莹，也教自己的学生"开启了欣赏和体悟诗歌的无量法门"。

提起姜夔的词，她说顾先生认为白石词的缺点是太爱修饰，外表看起来高洁清空，然而缺少真挚的感情。清空当然也是一种美，清就是一点渣子都没有，空就是空灵，但如同一个人做人只是穿着白袜子却不肯沾泥。

顾随生前，没有一本著述正式出版。叶嘉莹发愿整理先师遗作，最终编订完成《顾随文集》，由上海古籍出版社出版。

这样的仁师与高徒，自是高山流水。

贾雨村和林黛玉，那是怎样的师徒？黛玉与香菱，又是怎样的师生？

贾雨村，受着喜鹊的教育，却长成了乌鸦。林黛玉，从小受着乌鸦的教育，最终却长成了一只喜鹊。

贾雨村认识小时的黛玉和香菱，黛玉和香菱小时却互不认识。黛玉死了双亲，寄居在外祖母家；英莲远离家乡，随薛家暂住亲戚处。不知是机缘巧合还是宿命使然，黛玉和香菱相逢了。黛玉，是雨村的学生，也是香菱的老师。

英莲曾有观花种竹的父亲、性情贤淑的母亲，出身是很好的。黛玉的父亲林如海是探花，母亲贾敏是国公之女，出身更是不凡。

薛蟠"出差"，香菱搬到大观园和宝钗作伴。香菱先对宝钗笑道："好姑娘！趁着这个工夫，你教给我作诗罢！"宝钗态度不积极，认为作诗不是女子分内之事，香菱便趁拜访黛玉之机，笑对黛玉说："我这一进来了，也得空儿，好歹教给我作诗，就是我的造化了。"

钗黛虽难分伯仲，但黛玉的诗作更好，因为她这个人就是诗性的，精神就是诗意的。黛玉水平高，也愿意教她，香菱算是找对了老师。

红学家指出："黛玉自愿任师，一是于诗有自负，二则于香菱有所爱。"脂砚斋也如黛玉般喜欢香菱："细想香菱之为人也，根基不让迎探，容貌不让凤秦，端雅不让纨钗，风流不让湘黛，贤惠不让袭平，所惜者幼年罹祸，命运乖蹇，致为侧室。"

黛玉是如何教香菱写诗的？黛玉轻描淡写地说："什么难事，也值得去学！不过是起承转合，当中承转是两副对子，平声对仄声，虚的对实的，实的对虚的。若是果有了奇句，连平仄虚实不对都使得的。词句究竟还是末事，第一主意要紧。若意趣真了，连词句不用修饰，自是好的。这叫作不以词害意。"

香菱拜黛玉为师，精血诚聚，挖心搜胆，耳不旁听，目不别视，白天学诗，晚上想诗，梦里作诗，或在池边出神，或蹲地下抠地，或两眼睁睁不睡，皱一回眉，又含笑一回，茶饭无心，坐卧不定。

前段时间，我在朋友那里见过一副对联：重帘不卷留香久，古砚微凹聚墨多。由俞樾——著名红学家俞平伯的曾祖父——手书的陆放翁诗句，让人凭空生出多少亲切。"重帘不卷留香久，古砚微凹聚墨多"，香菱喜爱的诗句。黛玉却坚持香菱这样的初学者断不可看这样的诗，担心一入了这个格局，就再也学不出来了。

"根并荷花一茎香"，香菱这个出身不俗却遭际不堪的菱角，与老师黛玉这枝荷花一样，美丽的姿态里流淌着诗意的清香，终成"诗魔"。

妙玉，气质美如兰

夜，很冷，很静。躺在温暖的被窝里，闭目重温《红楼梦》。

想起了妙玉，一个"气质美如兰，才华阜比仙"的美丽女孩，一个"太高人愈妒，过洁世同嫌"的孤僻女子。

黛玉的"洁"是世俗的，妙玉的"洁"是脱俗的。黛玉的"洁"如流水般宁静，妙玉的"洁"恰飞絮般飘零。黛玉还算幸运，能做到"质本洁来还洁去"，诗意地选择生存和死亡。妙玉就惨淡了，"欲洁何曾洁"，依旧是风尘肮脏违心愿。

雅洁的人往往优越，优越的人往往孤傲，孤傲的人必然招人嫉妒甚至陷害，正应了"太高人愈妒，过洁世同嫌"那句话。

安妮宝贝说，"洁白，没有承担"。实际上，洁白也需要承担。洁白更加脆弱，更容易被污染，更容易受伤害。正因为洁白，污点才更大，更醒目。被人嫌恶，遭人诬陷，是洁白必须付出的代价。同流合污容易，洁身自好艰难。愈想洁净，愈洁净不了，最后事与愿违，为洁白所累。

妙玉的洁白，却总能让我想到那个会来事的男子贾芸，因为是他给大观园送去了白海棠，那种气质极佳的花儿和妙玉很像很像。

小伙子贾芸英俊潇洒、聪明伶俐，攀附了权贵人物宝玉和凤姐，吸引了特立独行的林小红。"容长脸儿，长挑身材，甚是斯文清秀"的贾芸不甘沉沦，不甘贫穷，礼品便是关系的润滑剂，问候便是交情的敲门砖。

中国的贾芸，让人想起欧洲的于连。前者是《红楼梦》的配角，后者是《红与黑》的主角。巧合的是，法国的《红与黑》与中国的《红楼梦》都有一门叫"红"的学问。

"红"，有世事洞明的学问，有人情练达的文章，有男子的野心和雄心，有成功的心机和手腕。贾芸和于连都出身贫寒却野心勃勃，以英俊的外貌和缜密的心思赢取女人的芳心，以女人的芳心暗许打开通向上流社会的必经之路。

偶然的一次机会，贾芸得以和宝玉寒暄。宝玉开玩笑说贾芸像他儿子，贾芸反应机敏，立即表态："如若宝叔不嫌侄儿蠢笨，认作儿子，就是我的造化了。"为了巩固感情，坐实关系，贾芸趁热打铁，送给宝玉两盆白海棠，问候信自称"不肖男芸恭请父亲大人万福金安"。

紧接着，披着功利色彩的白海棠进入大观园，摇身一变成了风雅风流的"诗魂"，成为红楼儿女的钟情和寄托，大观园文坛掀起了"海棠风"，少男少女建起了海棠诗社。

宝钗闲说海棠，"胭脂洗出秋阶影，冰雪招来露砌魂"；探春盛赞海棠，"玉是精神难比洁，雪为肌骨易销魂"；而黛玉偏说"偷来梨蕊三分白，借的梅花一缕魂"，最是传神；宝玉独白"出浴太真冰作影，捧心西子玉为魂"，更具深情。贾芸的海棠被追捧，被喜爱，绝对是送礼人的成功之处和独到之举。

　　宝玉毕竟是不参加经济事务和政治活动的闲人，贾芸要想谋取差事还得讨好凤姐。贾芸送给宝玉的礼品价虽廉物却美，正好迎合宝玉的心思。贾芸送给凤姐的礼品却是冰片麝香，既贵重，又实用，送礼时表现得漫不经心，举重若轻，好让收礼人安之若素，受之无愧。还好，凤姐心安理得地收下了贾芸的礼物，贾芸顺理成章承包了工程。

　　贾芸给宝玉送礼，还有意外的收获，他被宝玉的丫鬟小红"下死眼盯了两眼"。"下死眼"，是爱的萌芽，爱的坚定，爱的无悔。"下死眼"后，他们的爱情故事浓墨重彩，费尽心机。"痴女儿遗帕惹相思""蜂腰桥设言传心事"，都凸显出贾芸和小红的大胆乖巧，争取爱情和幸福的超常能力。

　　这里，贾芸认宝玉为父亲；那边，小红被凤姐认作干女儿。一个是翩翩少年的"儿子"，一个是实权少妇的"女儿"，一个费尽心机巴结凤姐，一个伶牙俐齿讨好凤姐，贾芸和恋人果真情投意合，机缘巧合。

　　太聪明的人遭人议论，太上进的人惹人防范。有人说贾芸和小红知恩图报，是凤姐落难后的"大得力之人"，有人偏说贾芸落井下石，是拐卖巧姐的"奸兄"。至于宝玉和凤姐落难后，贾芸是忘恩负义还是知恩图报，仁者见仁智者见智。我宁愿相信"奸佞"的贾芸和小红最终结为恩爱夫妻，宁愿相信"势利"的夫妻俩最终大有作为，给狱中的宝玉和凤姐以救助，哪怕仅仅是看望和安慰。

　　也许，最世俗的人，最卑微的人，也没有完全泯灭了人性的光芒。闪耀，有时在黑夜，有时在白天，只不过在黑夜里更暖更亮。

是邦山水秀

是邦山水秀，照人肌骨清。贾宝玉身边美女如云，他也一直被包围在女人的柔情蜜意和明争暗斗中。木石前盟林黛玉、金玉良缘薛宝钗、青梅竹马史湘云，塑造了贾宝玉的人格层次，丰富了贾宝玉的情感世界。

世外仙姝林黛玉：据说是个假清高的大俗人

黛玉之雅，尽人皆知。黛玉之俗，谁人知道？

黛玉是什么人？孤标傲世，目下无尘，秉绝代姿容，具稀世俊美。可是这样的黛玉却自称"俗香"，还有人竟然说她是"俗人"，且是"大俗人"。

蓝田日暖玉生烟。意绵绵静日玉生香。香好，爱才好。是那样的岁月静好，是那样的情深意浓。

"玉生香"时，是在元宵佳节元妃省亲后。那天，宝玉步入潇湘馆，揭起"绣线软帘"，唤醒午休的黛玉，闻到一股"醉魂酥骨"的幽香。此时，宝玉悔不该追问黛玉之奇香，引得黛玉恶向胆边生，因为她有"情景记忆""气味记忆"。

第八回，宝玉曾惊讶于宝钗的一股冷香。在此之前，宝钗和周瑞家的一问一答，说明了冷香丸的药方和来历。这"冷香丸"由宝钗的哥哥薛蟠负责炮制，历时良久，原料复杂，所以才有黛玉这次的冷言冷语："难道我也有什么'罗汉''真人'给我些香不成？便是得了奇香，也没有亲哥哥亲兄弟弄了花儿、朵儿、霜儿、雪儿替我炮制。我有的是那些俗香罢了。"

宝钗有冷香，宝玉就得有暖香吗？黛玉的香在宝玉眼里是奇香，黛玉却自嘲为俗香。"冷香丸"虽由纯天然材料做成，在黛玉眼里却并不是高雅的东西，是俗香。关于俗香，黛玉明着说自己，其实说的是宝钗。如果你体会不到黛玉的用意和语境，你可以参照黛玉的惯用句式和思维模式。

"你有玉，人家就有金来配你；人家有'冷香'，你就没有'暖香'去配？"黛玉骂过宝玉"蠢材，蠢材"后，便对宝玉说了这么两句话。

此言一出，你就知道黛玉心里高悬着明镜，一下子戳穿了"金玉良缘"人工炮制的假象。黛玉才华横溢，妙语如珠，说过无数话，写过很多诗，首推这句话高明。

有人撒泼，有人撒娇。黛玉在撒娇时就能一语道破"天机"。"人家"，自然指宝钗。第一句，黛玉意指宝钗主动来配宝玉；第二句，反过来了，黛玉挖苦宝玉为何不主动去配合宝钗。

说曹操，曹操到。两个人正打情骂俏，宝钗偏偏来了。可惜了，宝黛"二玉"的恋爱生生被打断。你看，刚才他俩是多么甜蜜啊，哪怕含着酸、带着刺：黛玉骂过宝玉"放屁"后意犹未尽，接着骂他"蠢材"，宝玉随口就能编出"耗子精"的"故典"，为林老爷家的小姐取名"香玉"。

后来，贾府来了好多美丽的女孩子，就连冬天都跟着温暖热闹起来。

终于盼到下雪，宝玉赏红梅，湘云吃鹿肉。

黛玉身体弱，不吃也就罢了，偏偏话多，笑着说什么："哪里找这一群花子去！罢了，罢了！今日芦雪亭遭劫，生生被云丫头作践了。我为芦雪亭一大哭！"湘云当即冷笑道："你知道什么！'是真名士自风流'，你们假清高，最可厌的。我们这会子腥的膻的大吃大嚼，回来却是锦心绣口。"

"割腥啖膻"的脂粉香娃，正是"锦心绣口"的魏晋名士。这样的自夸还不够，湘云又送给黛玉两个标签：假清高，最可厌。

冬天，喝酒吃肉的史湘云惊动了林姑娘和李婶娘，夏天则是"醉眠芍药茵"，吃醉了图凉快，在山子后头一块青石板凳上枕着芍药花枕睡着了，嘴里忙着作睡语、说酒令、背文章。湘云确实做到了"真名士"，"自风流"。

在芦雪亭，黛玉被湘云嘲笑。在栊翠庵，妙玉也嘲弄了黛玉一番，同样不是热讽，而是冷嘲。黛玉被妙玉嘲弄为"大俗人"，还在湘云说她"最可厌"之前。

应该是金秋时节，贾母带着刘姥姥到栊翠庵吃茶，妙玉拉着黛玉宝钗来吃梯己茶，宝玉悄悄跟了来。妙玉执壶，宝玉赏赞不绝。妙玉正色道："你这遭吃的茶是托她两个的福，独你来了，我是不给你吃的。"妙玉和宝玉如此撇清，颇有点"此地无银"的意味。偏偏黛玉多嘴，问妙玉："这也是旧年的雨水？"和湘云一样，妙玉冷笑起来："你这么个人，竟是大俗人，连水也尝不出来。"

湘云说过黛玉"最可厌"，李纨也公开声称讨厌妙玉的为人。妙玉发难，黛玉什么反应？"黛玉知她天性怪僻，不好多话，亦不好多坐，吃完茶，便约着宝钗走了出来。"对了，宝玉呢？是继续陪着妙玉喝茶还是跟着黛玉走了？

我赶紧翻书，唯恐自己出现纰漏。果真，黛玉和宝钗结伴出去后，宝玉和妙玉单独相处，还有一大段对话，关于刘姥姥用过的腌臜杯子该咋办、众人踩过的腌臜之地该咋洗。

宝玉和妙玉说的是家常话、大俗话，却传递着某种微妙的情愫，是欣赏又不止于欣赏，是爱慕又不至于爱慕。你一句，我一句，好不热闹。

湘云嘲弄过黛玉，后续是什么？黛玉也无反驳也不恼，跟着大家即景联诗去了。你一句，我一句，好不热闹。

黛玉的小心眼向着宝玉而去，那是爱的试探和表达。黛玉的大气象被很多读者忽略、抹杀，源于功利性阅读和选择性评判。

山中高士薛宝钗：听闻走通了终南捷径

大学同学说，《红楼梦》里，宝钗和宝玉、黛玉是心意相通的，是最能理解宝玉黛玉的，因为他们都有一个破灭的世界观。《红楼梦》一部小说，讲的都是悟与不悟，是不同个性在"悟"上的不同反映，宝钗就是看破看开的那个人，早早得道的那个人。

原来，早慧的同学二十年前就已经读懂了宝钗。而我，一直对宝钗怀有成见，源于她对金玉良缘的默认、对宝黛爱情的觊觎。二十年后，再和同学交流，突然间醍醐灌顶，原来自己和宝钗也是息息相通，惺惺相惜。

责怪了那么久的一个人，成见那么深的一个人——宝钗，也许就是自己的知己，自己的身影。

一个理想破灭的女孩儿，从豪富到衰微，从面热到心冷，从率性到伪饰，从繁复到简陋，从父母双全的娇娇女到母亲依赖的乖乖女，从"送我上青云"的雄心壮志到"眼前道路无经纬"的清醒自知，宝钗早早地悟了，淡然淡定，清醒警醒。

宝钗曾经那么地热心热闹，如同她与生俱来的热毒。宝钗变得那么心冷意冷，如同她维持生命和健康的冷香。

　　双亲宠爱的宝钗，浸泡在繁华富贵里，是淘气的、缠人的、任性的。关于阅读量，黛玉怀春时才偷偷读了一本《西厢》，而宝钗早在七八岁上就读了《西厢》《琵琶》以及《元人百种》。关于穿着打扮，宝钗曾经金银首饰满箱满柜，现在的她却"不爱花儿粉儿"，首饰压在箱底或者送给别人，连母亲都说她"古怪"。关于住处，宝钗是家里的顶梁柱，却住"雪洞一般"的房间，玩器全无，衾褥朴素。

　　就是这样的宝钗，怕看杂书闲书的黛玉移了性情，怕穷困潦倒的岫烟受窘受寒，怕父母双亡的湘云没有活动经费，劝在女人堆里混日子的宝玉追逐仕途经济。就是这样的宝钗，赢得了盛赞，也引起了误会。因为感情纠葛，黛玉首先拿她当情敌；因为政见不同，宝玉把她的话当作混账话；因为生活态度不一样，贾母看不上她的简朴素净。对于宝钗住所的布置，别人犹可，贾母认为犯了"忌讳"，惹亲戚们笑话，话语里充满了火药味，小姐的绣房都搞成这样，"我们这老婆子，越发该住马圈去了！"

　　貌似热闹，貌似受敬，宝钗其实一直生活在孤独里。贾母好热闹，宝玉好热闹，黛玉会胡闹，湘云会大笑，袭人有用意，母亲不懂得，哥哥不争气，嫂子不是东西。以前我说过，花柳繁华地里的宝玉是孤独的，温柔富贵乡里的黛玉是寂寞的，这么看，被盛赞被追捧的宝钗，她的孤独寂寞不逊于宝玉黛玉。只不过，宝钗选择的是入世，宝玉选择的是出世，黛玉则在出世入世的苦痛挣扎中魂归离恨天。

　　很多人不悟不醒，即使醒悟，出世时也不安心，入世时更不安宁，前者是宝玉，后者是黛玉。黛玉一直是热切的、激烈的，从来到去，从生到死，都没有看破红尘、放开自己，她消极避世的表象下藏着对爱情的缠绵和对人生的痴迷。

　　了悟前后的宝钗，放手前后的宝钗，选择的都是入世。因此，对于黛玉的热切，她有严厉的忠告——移了性情就是自毁形象，黛玉总算理解了她的善意，二人一度成为闺蜜。对于岫烟的处境，她有冷静的剖析——人穷也不必妄加掩饰，岫烟是闲云野鹤般的女子，后来和宝钗成了姑嫂。对于宝玉的出家，她有淡然的态度——走就走吧，袭人却不舍宝玉，搞不懂宝钗的无动于衷。对于金钏的死，她有冷漠的看法——放弃生命的糊涂人，王夫人的良心因此得到安慰，感激宝钗的点拨提醒。对于贾母的批评，她有淡定的做法——讨好不了也就罢了，贾母爱护外孙女黛玉，那是人之常情。对于小红的私情，她有虚伪的掩饰——你们见到林姑娘了吗，宝钗春风拂面，内心却大骂小红"奸淫狗盗"。对于袭人的再嫁，她有平静的处理——强扭的瓜不甜，留住袭人的是宝玉和他的荣华富贵，送走袭人的是没了宝玉也没了荣华富贵。

大观园里的蘅芜苑，是否被宝钗当作了终南山？

终南山，是中国历代隐士潜心修行的地方。宝钗住的房子，室外长满了奇草仙藤，室内雪洞一般。这样的方式，和终南山的隐士很像，有种觉悟的意味和出世的姿态在里面，但她似乎又称不上大观园的隐士，因为她追求金玉良缘的心思以及鼓励身边人追求仕途经济的愿望始终强盛。这样的出世姿态，这样的入世态度，被称为"终南捷径"——以苦修赢取出世做官的机会。

如果说宝钗曾经有过傲慢，那我以前就对她有过偏见。如今，我也终于理解了宝钗为何不再佩戴首饰，为何不爱花儿粉儿，也懂得了她的"珍重芳姿昼掩门"，以至于她的"眼前道路无经纬"。

虽然住在"雪洞"里，此时的宝钗仍是众人眼中随分守时的女子，"终南捷径"若隐若现。最终，她却真的走通了那条叫作"终南捷径"的婚姻之路。

金玉良缘对宝钗来说，充满了嘲讽和宿命的意味。怀有青云之志的宝钗，拥有入阁拜相本领的宝钗，喜欢仕途经济的宝钗，嫁给多情公子贾宝玉，她的处境也好不到哪里去。

宝玉出家后，宝钗依旧安度时日，即使时日不静好，感情不美好，人生不安好。

霁月光风史湘云：人称最终被"情悟"

不管薛宝钗和史湘云承认不承认，她们是有点羡慕林黛玉和贾宝玉的精神交流和语言交流的，那真是无障碍的交流，交流得无障碍。

林黛玉和贾宝玉一起读《西厢记》，进行那个时代的前卫阅读和另类阅读。他俩经常开些无伤大雅的玩笑，不论何事何物都能嘀嘀咕咕个不停。当然，这些还不足以引起薛宝钗和史湘云的羡慕，甚至嫉妒。

对于林黛玉读《西厢记》，听《牡丹亭》，并从中汲取营养，行酒令时把"那《牡丹亭》《西厢记》说了两句"，薛宝钗是颇有微词的，"好个千金小姐！好个不出闺门的女孩儿！满嘴说的是什么？你只实说便罢。"薛宝钗一边教训面前的林黛玉，一边忙着教育并不在场的贾宝玉，"男人们读书明理，辅国治民，这便好了"。

史湘云干脆怀着嫉妒，说宝黛相处愉快是因为林黛玉惯于辖制贾宝玉。有女网友在微博上说，总有一个男孩是为忍受我的折磨而出生的。也许，贾宝玉就是为了享受林黛玉的辖制而出生的。

林黛玉和贾宝玉志趣相投，意气相投，薛宝钗和史湘云不服输不服气，坚信也能和贾宝玉进入交流无障碍的状态。于是她们大胆和贾宝玉交谈，结果碰了一鼻子灰。

那日史湘云在贾宝玉处做客，适逢贾雨村来访。史湘云自以为和贾宝玉交情不错，便劝贾宝玉出去会客："还是这个情性不改。如今大了，你就不愿读书去考举人进士的，也该常常地会会这些为官做宰的人们，谈谈讲讲些仕途经济的学问，也好将来应酬世务，日后也有个朋友。没见你成天家只在我们队里搅些什么！"贾宝玉立刻翻脸，不给豪爽的小妹妹任何面子："姑娘请别的姊妹屋里坐坐，我这里仔细污了你的经济学问。"

本是史湘云和贾宝玉两人说话，袭人一听，有了评头论足的机会："云姑娘快别说这话。上回也是宝姑娘也说过一回，他也不管人脸上过的去过不去，他就咳了一声，拿起脚来走了。这里宝姑娘的话也没说完，见他走了，登时羞的脸通红，说又不是，不说又不是。幸而是宝姑娘，那要是林姑娘，不知又闹到怎么样，哭的怎么样呢。提起这个话来，真真的宝姑娘叫人敬重，自己讪了一会子去了。我倒过不去，只当他恼了。谁知过后还是照旧一样，真真有涵养，心地宽大。谁知这一个反倒同他生分了。那林姑娘见你赌气不理他，你得赔多少不是呢。"

史湘云、袭人和贾宝玉三个人说闲话，"主场"却是史湘云和袭人，她俩一是劝说贾宝玉走"仕途经济"之路，二是诋毁排斥林黛玉闹事哭泣，三是赞美薛宝钗心地宽大。贾宝玉根本不理会她们的目的和主题，对林黛玉、史湘云和薛宝钗的态度全部"曝光"。上回，薛宝钗交代贾宝玉讲些"仕途经济"的学问，贾宝玉没等她说完，拔腿就走，弄得她脸红脖子粗，羞愧难当。此次，史湘云劝说贾宝玉"会会这些为官做宰的人们"，贾宝玉自己不走了，却下了逐客令，请史大姑娘到别的姊妹屋里去坐坐。袭人言谈中一直在控诉林黛玉的种种不好，结果却适得其反，引得贾宝玉褒扬林黛玉："林姑娘从来说过这些混账话不曾？若他也说过这些混帐话，我早和她生分了。"

同是一个贾宝玉，和林黛玉就能柔情蜜意，跟史湘云、薛宝钗就会翻脸无情。同样一个男人，面对不同的女子会采取不同的态度。因为在他心中，林黛玉从来不说混账话，所以不生分；史湘云和薛宝钗竟然和他说些混账话，自然就生分了。贾宝玉替林黛玉辩解，甘愿接受林黛玉的辖制，史湘云和薛宝钗是不是也达到了"情悟"，懂得了各人自有缘法？

薛宝钗是精明的。对于宝黛之恋，薛宝钗的态度并不明朗，有搅混水的嫌疑，但听到睡梦中的贾宝玉大喊"什么金玉良缘，我偏说木石姻缘"，薛宝钗顿时愣住了。从薛宝钗解释薛宝琴的好人缘，到薛宝钗的"愣住"，薛宝钗应该体会到了贾宝玉和林黛玉的"缘法"，"木石姻缘"的"缘法"。只是薛宝钗已无法抽身，她曾努力营造的"金玉良缘"，成了她的宿命和紧箍咒。

和薛宝钗不同，史湘云没有过多介入宝黛之恋。她也佩戴金麒麟，那似乎是贾母关于"金玉良缘"的又一版本，但她"从未将儿女私情略萦心上"，从不参与"金玉良缘"的竞争和斗争。她不过是年轻气盛，感觉太好，总认为林黛玉辖制下的"爱哥哥"苦不堪言，总想替苦不堪言的"爱哥哥"打抱不平，总害怕和人分享一起共啖鹿肉的"爱哥哥"。

人生最酸的，不是吃醋，而是没资格吃醋。史大姑娘生性豪爽，气势恢宏，也有"默默不语，正自出神"的时候，一旦发现自己没有吃醋的资格，便嫁给了某位"才貌仙郎"，过起了甜蜜蜜的小日子。后来，史湘云和林黛玉联诗，史湘云出"寒塘渡鹤影"，林黛玉对"冷月葬花魂"，两人已经冰释前嫌，惺惺相惜。

就这样，史湘云终于"被觉悟"，和林黛玉相契相合的贾宝玉，不是和她志同道合的贾宝玉。别人的只是别人的，在别人那里看着中意，到了自己手里却未必中用。自己的就是自己的，不管家世如何，却是自己可人的"才貌仙郎"。至于史湘云的"他"，是卫若兰是贾蔷还是谁谁，都不重要了。

第二辑　红楼·风霜

贾母的 "四季歌"

"我不愿在任何地方卑躬屈膝，因我在哪里屈膝，就在哪里变为谎言。我愿我的感官，在你的面前真实。"奥地利诗人里尔克用贴近灵魂顺从于命运。

序曲

贾母在变。这是我阅读《红楼梦》过程中的一个至深印象。从宽容开朗到冷漠自私，贾母的性情呈现出从热至冷、从温到寒的变化。这种变化，是人性发展的自然轨迹，还是情节发展的有意曲折？

后来，读到李劼的《历史文化的全息图像：论红楼梦》一书。他指出，《红楼梦》在叙述运势上具有春夏秋冬的不同气韵："如果可以用春夏秋冬来形容第十七回以后的叙述色彩和氛围的话，那么从十七回到三十二回是明媚的春天，从三十三回到五十七回则是日趋繁丽的夏季；而五十八回到七十八回开始弥漫起越来越肃杀的阵阵秋意，七十九回以后逐渐步入日益酷冷的数九寒冬，直至那一片白茫茫大地。"

当我把自己的发现与李劼的论述叠加、对比，则清晰地看到，贾母的性格发展与待人接物同样呈现出"四季歌"的特征，与叙述的"季节"、氛围的"节气"紧密关联。

不论小人物还是大人物，当你遇到困难时，你都会感激那个为你解围的人；不论你是能人还是庸人，当你面临困境时，你都急需一个为你"打圆场"的人。而贾母，这样一位养尊处优、德高望重的老太太，都误会了哪些人？当她有意无意地误会人时，又有谁敢出面解围抑或"打圆场"？这些误会和解围，都有什么象征意义？

"春季"的贾母亲切和善，宽容大度，基本上没怎么误会人。"夏季"的贾母开始发作，误会的对象是王夫人、袭人和宝钗，这几个人是金玉良缘阵营的中流砥柱。"秋季"的贾母听信谗言或者顺水推舟，尤二姐和晴雯成为牺牲品。"冬季"的贾母冷心冷面，置黛玉的生死于不顾，木石前盟前景黯淡。

让我们听听贾母的"四季歌"，借机解读贾母心绪的"节气"变化，触摸贾府运势的"季节"更替，感受《红楼梦》人物塑造和情节铺陈的高度统一性。

主题曲：有误会也有解围的"夏季"

"女子所爱的是一切好气象，好情怀。"台湾女作家张晓风的一句话，从我的意念里引出了美丽的鸳鸯，引出了葳蕤的夏季，引出了自在的大观园。

> 大观园里的人，黛玉、宝钗、凤姐、晴雯、袭人她们单举出一人都只能代表大观园的生活气象的一部分，只有鸳鸯，从她身上使

人感觉出大观园的生活气象的全部。她有黛玉晴雯的深情，却没有黛玉的缠绵悱恻，晴雯的盛气凌人。有凤姐的干练，没有凤姐的辣手；和凤姐一般的斗决，但她更蕴藉。她和袭人一般的服侍人，但她比袭人华贵。她是丫头，看来却不像丫头，自然也不是小姐，奶奶，夫人，但她是她们全体。在她身上几乎还可以找出妙玉的成分，但妙玉的是洁癖，她的是洁净。诸人之中，没有一个比得上她的艳，一种很淳很淳的华美。从她身上找不出一点点病态。

她爱悦一切可以爱悦的，但没有恋人。伟大的恋是起于现实的不足，要求人生有新的创造，所以总是叛逆性的。鸳鸯可是大观园全盛时代和谐的象征，所以她有爱无恋。

这是胡兰成《读了红楼梦》一文对鸳鸯的评价，原文刊载于1944年6月上海《天地》杂志第九期。

贾母误会王夫人，探春来解围，大观园全盛时代黯然退场

胡兰成把鸳鸯与黛玉、凤姐、袭人、晴雯、妙玉都做了比较，却没提到探春。在"贾母骂王"这出戏里，引子是誓绝鸳鸯偶的鸳鸯，尾声是走出去又回来为嫡母解围的探春。

四十六回，贾赦意欲纳鸳鸯为妾，邢夫人认为贾赦"胡子苍白又作了官"，贾母"也未必好驳回的"。结果，贾母雷霆震怒，不仅"驳回"了长子，还顺带骂了二儿媳妇王夫人。

事发时，"可巧王夫人、薛姨妈、李纨、凤姐儿、宝钗等姊妹并外头的几个执事有头脸的媳妇，都在贾母跟前凑趣儿呢"。一言以蔽之，王夫人竟然在自己娘家人（妹妹薛姨妈、内侄女凤姐、外甥女宝钗）、晚辈和下人面前出了丑、丢了脸。

贾母听了，气得浑身乱战，口内只说："我通共剩了这么一个可靠的人，他们还要来算计！"因见王夫人在旁，便向王夫人道："你们原来都是哄我的！外头孝敬，暗地里盘算我。有好东西也来要，有好人也来要，剩了这么个毛丫头，见我待她好了，你们自然气不过，弄开了她，好摆弄我！"王夫人忙站起来，不敢还一言。薛姨妈见连王夫人怪上，反不好劝的了。李纨一听见鸳鸯的话，早带了姊妹们出去。

　　探春是有心的人，想王夫人虽有委曲，如何敢辩；薛姨妈也是亲姊妹，自然也不好辩的；李纨、凤姐、宝玉一概不敢辩；这正用着女孩儿之时，迎春老实，惜春小，因此窗外听了一听，便走进来陪笑向贾母道："这事与太太什么相干？老太太想一想，也有大伯子要收屋里的人，小婶子如何知道？便知道，也推不知道。"犹未说完，贾母笑道："可是我老糊涂了！姨太太别笑话我。你这个姐姐他极孝顺我，不像我那大太太一味怕老爷，婆婆跟前不过应景儿。可是我委屈了他。"

　　这段文字，信息量很大，人物活动众多。贾母迁怒于人，精神状态高度紧张；探春勇气可嘉，主动出面为王夫人解释。可是，别忽略了鸳鸯以及鸳鸯的象征意义。

　　胡兰成指出，"鸳鸯可是大观园全盛时代和谐的象征"，"从她身上找不出一点点病态"。值得注意的是，随着"鸳鸯抗婚"事件的发生，不和谐因素开始出现在贾府，大观园的全盛时代也随之结束，鸳鸯"有爱无恋"的象征意义变得扭曲，她所代表的大观园的生活气象蒙受了耻辱、开启了危机。

　　贾母在检讨过自己"老糊涂了"，又赞美王夫人"极孝顺"后，便转头责怪宝玉不提点她，让宝玉给他娘跪下道歉，接着抱怨凤姐也不提醒她，引得凤姐说了一通笑话——稀释了尴尬，却没化解掉矛盾。

贾母给儿子贾赦的纳妾事件定性较重，给孙子贾琏的偷腥事件却定性很轻。凤姐生日那天，贾琏偷情，凤姐泼醋，贾母却当闹剧看，笑说："什么要紧的事！小孩子们年轻，馋嘴猫儿似的，那里保得住不这么着？从小儿世人都打这么过的。"

"什么要紧的事！"贾母对贾琏的偷腥事件（变生不测凤姐泼醋回）如此评论，对宝玉的发疯事件（慧紫鹃情辞试莽玉回）也有类似态度。

贾母一向开通，偷腥的孙子，只不过犯下了天底下男子都会犯的错误；贾母又是高明之人，始终区别对待儿孙的感情问题。她既能做普天下男子权力的代言人，也会不管不顾地指桑骂槐。

贾母误会袭人，王夫人凤姐来解围，钗袭组合已然登场

故事发展到五十四回，荣国府元宵开夜宴。戏演得正热闹时，宝玉下席往外走，贾母看到只有麝月秋纹并几个小丫头跟着。

> 贾母因说："袭人怎么不见？他如今也有些拿大了，单支使小女孩子出来。"王夫人忙起身笑回道："他妈前日没了，因有热孝，不便前头来。"贾母点头，又笑道："跟主子却讲不起这孝与不孝。若是他还跟我，难道这会子也不在这里不成？皆因我们太宽了，有人使，不查这些，竟成了例了。"

这次，贾母和上次误会王夫人一个套路，先指责袭人"拿大"，在检讨过"我的记性竟平常了"后，接着便关心起袭人丧母的发送费。

这里有个细节，王夫人解释说袭人"因有热孝"才没上来伺候，贾母笑着说了句"跟主子却讲不起这孝与不孝"。凤姐一看形势不妙，赶紧从关心宝玉的角度解释了袭人的缺席，比如在怡红院照看灯烛花爆，为

散席回去的宝玉准备好铺盖与茶水，最后还不忘乖巧地补上一句："老祖宗要叫她，我叫她来就是了。"

《读〈红楼梦〉笔记》，张笑侠分析说："照王夫人所答，贾母一定不甚爱听。归了还是凤姐的一遍话，说来又近情理，又周到。凤姐真是可人，王夫人说话不如凤姐多多矣。"

也许凤姐果真聪明，也许贾母只是想给凤姐面子，袭人"拿大"这件事总算蒙混过去了。当然，贾母一点都不糊涂，记性也不平常，她没忘记鸳鸯也死了老子娘，安排鸳鸯和袭人一起"全礼""守孝"。此时，正是元宵佳节，贾母的心境却在"夏末"。

接下来歇了戏，女先儿来说书。《凤求鸾》的名目一出，贾母就猜出了故事梗概，来了好大一段"掰谎记"，矛头直指"佳人"，弄得李婶娘和薛姨妈赶紧强调自家的家教家规极好。这个情节，争议很大，还是放到贾母误会宝钗那段去说吧。

贾母误会宝钗，王夫人凤姐薛姨妈来解围，终南捷径悄然亮相

先回溯到四十回，看贾母带着刘姥姥游园。

贾母因见岸上清厦旷朗，忙命拢岸，顺着云步石梯上去，一同进了蘅芜苑。蘅芜苑一开始也没让贾母失望，异香扑鼻，奇草仙藤愈冷愈苍翠，都结了实，似珊瑚豆子一般，累垂可爱。进了房屋，"雪洞一般，一色玩器全无，案上只有一个土定瓶中供着数枝菊花，并两部书，茶奁茶杯而已。床上只吊着青纱帐幔，衾褥也十分朴素"。

对此，贾母先是叹道："这孩子太老实了。你没有陈设，何妨和你姨娘要些。我也不理论，也没想到，你们的东西自然在家里没带了来。"接着照样嗔怪凤姐"小气"，"不送些玩器来与你妹妹"。等王夫人凤姐薛姨妈都回说是宝钗自己不要的，贾母摇头道："使不得。"

为何使不得？贾母头脑清晰，指出两个原因：一是宝钗虽然省事，

倘或来一个亲戚，看着不像那么回事；二则年轻的姑娘们，房里这样素净，也忌讳。

最后，贾母联系到了自己："我们这老婆子，越发该住马圈去了。"话说到这里，分量已经很重了，情绪已经很坏了。贾母一面自称最会收拾屋子，一面安排鸳鸯去拿她的梯己来布置房间。

且从四十回的"雪洞"快进到五十四回那个元宵夜的"凤求鸾"，贾母放下了对袭人的误会，开始针对佳人。

女先儿以为贾母听过《凤求鸾》，贾母笑道："这些书都是一个套子，左不过是些佳人才子，最没趣儿。把人家女儿说的那样坏，还说是佳人，编的连影儿也没有了。开口都是书香门第，父亲不是尚书就是宰相，生一个小姐必是爱如珍宝。这小姐必是通文知礼，无所不晓，竟是个绝代佳人。只一见了一个清俊的男子，不管是亲是友，便想起终身大事来，父母也忘了，书礼也忘了，鬼不成鬼，贼不成贼，哪一点儿是佳人？……"

老太太一口气说了那么多，一等她"暂停"，众人赶紧笑说："老太太这一说，是谎都批出来了。"老太太继续"演讲"，分析了编书人的嫉妒心理和污秽行为，又笑道："所以我们从不许说这些书，丫头们也不懂这些话。"听了这话，李婶薛姨妈二人都笑说道："这正是大家的规矩，连我们家也没这些杂话给孩子们听见。"

凤姐走上来斟酒，劝老祖宗喝一口润润嗓子，说这一回就叫作《掰谎记》，"就出在本朝本地本年本月本日本时"，"老祖宗且让这二位亲戚吃一杯酒看两出戏之后，再从昨朝话言掰起如何？"凤姐这话极妙，我看不出她是关心贾母还是关心亲戚，也无法判断她是打趣亲戚还是为亲戚解围。

宝钗，小小年纪，城府再深，心机再重，也躲不过贾母的眼睛。在贾母眼里，也许宝钗是个"结婚狂"。只不过，贾母奉行"难得糊涂"，安享荣华富贵和天伦之乐，只有到金玉良缘威胁到宝玉和黛玉的命运时，才去捅破那层窗户纸。这次夜宴，贾母便讥讽起了遇到清俊男子就想起终身大事的佳人。

这个佳人是谁？有说是黛玉的，有说是宝钗的。认为是黛玉的，依据是贾母对宝钗的褒扬；认为是宝钗的，依据是贾母对黛玉的疼爱。

大观园中的佳人们擅长以诗歌明志，比如宝钗的"好风凭借力，送我上青云"、黛玉的"孤标傲世偕谁隐，一样花开为底迟"，老太君贾母就只能靠那些家长里短与闲言碎语发出信号了。

"读万卷书行万里路，不如阅人无数。"一个文友如是说。贾母不读书不行路，却精明异常，原因就在于阅人无数，练就了一双火眼金睛。

如果你看懂了贾母，你就知道"鬼不成鬼，贼不成贼"暗指的是哪位佳人了。也有读者坚持认为贾母所说的"佳人"并没具体指向，在宝钗与黛玉之间并非非此即彼。

而在这件事前后，贾母是如何"抑林""扬薛"的啊，动不动就是宝丫头好林丫头不好，宝丫头这好林丫头那不好，甚至说家里的几个优秀女孩儿没有一个能比得上宝钗的。宝琴的出现是个契机，贾母发现了"新大陆"，找到了新的"靶子"——抑钗扬琴。

一见到薛宝琴，贾母就表现出强烈到夸张的喜爱，立逼着王夫人认干女儿，扬言要给宝琴找婆家，安排宝琴到自己那里去住，促成宝琴白雪红梅的行为艺术。

整个贾府女眷被贾母弄愣了，只有宝钗和黛玉心知肚明，心照不宣。对于自己的被冷落，一向被推崇的"大姐大"宝钗说了句"各人自有缘法"，从此便闭口不提此事；对于自己的被冷落，一向脆弱敏感的"林妹妹"赶着宝琴叫妹妹，安之若素。

明人不做暗事，那是不需要。一旦需要，明人贾母也要做暗事。为了宝玉和黛玉两个心肝宝贝，贾母做什么怎么做都不为过。

贾母的偏袒之心，黛玉怎能看不懂？她可是个"心较比干多一窍"的聪明女孩儿。所以黛玉赶着宝琴叫妹妹，仿佛亲的一般，比宝钗对宝琴还亲热，引得大家又是一愣。宝琴年轻心热，见黛玉是个"出类拔萃"的，更与黛玉"亲敬异常"。当然，你也尽可以认为，黛玉和宝钗结了金兰契，对宝钗的妹妹友好那是自然而然的。

清代青山山农在《红楼梦广义》中评点："譬诸诗家，宝钗为能品，宝琴为神品，小乔身份，固远胜大乔也。且以金玉之良缘，成诸人谋，孰若梅雪之佳偶，出诸天然。"宝琴与宝钗相见，高下立见。黛玉与宝琴相比，孰优孰劣？

以前我关注过黛玉的《五美吟》，惊觉孤标傲世的黛玉原来是个"女丈夫"——见识何其高远。这次专注于宝琴的《怀古十绝句》，慢慢意识到白雪红梅的宝琴还是个"壮游女"——视野何其开阔。宝琴的行旅与黛玉的胸怀，都清超拔俗，毫无人间烟火气，看来，宝琴和黛玉的亲热也可能源于两个人相近的见识与格调。《红楼梦》的闺阁女子，实乃大气象大格局。

变奏曲：有误会却无人解围的"秋冬季"

贾母自称糊涂时，她是高明的；当她自作聪明时，就变得愚蠢了。权术权术，有权才有术。对于身边掌权人的所谓借刀杀人、无中生有、偷梁换柱等"计谋"，贾母从"听而不信"的清醒无奈发展到参与其中的糊涂无能。在贾府一步步走近白茫茫冬季的过程中，贾母对人越来越生硬刻薄，她的心也越过秋天，进入了冬季。

贾母误会尤二姐，源于凤姐的借刀杀人之计

"秋意"浓浓的六十九回。尤二姐经历了"春华"，却没盼来"秋

实"。待尤二姐被"赚"进凤姐的地盘，贾琏屋里史无前例地出现了"一妻三妾"的局面。凤姐也从一贯的"和事佬"变成了"谗言者"，不仅借刀杀人，而且还用暗示杀人。

因为别有用心，凤姐无人处只和尤二姐说："妹妹的声名很不好听，连老太太，太太们都知道了，说妹妹在家做女孩儿就不干净，又和姐夫有些首尾，'没人要的了你拣了来，还不休了再寻好的。'我听见这话，气得倒仰，查是谁说的，又查不出来。"

因为系贾赦之赐，秋桐张口便骂尤二姐："先奸后娶没汉子要的娼妇，也来要我的强。"

凤姐虽恨秋桐，且喜可以用"借剑杀人"之法"坐山观虎斗"，任凭秋桐"天天大口乱骂"。于是秋桐才能有机会对着贾母王夫人"非议"尤二姐："专会作死，好好的成天家号丧，背地里咒二奶奶和我早死了，他好和二爷一心一意的过。"贾母的回答肯定令抓乖卖俏的秋桐更为得意："人太生娇俏了，可知心就嫉妒。凤丫头倒好意待他，他倒这样争风吃醋的。可是个贱骨头。"

从对着凤姐夸奖尤二姐"竟是个齐全孩子，我看比你俊些"，到听信秋桐的谗言"渐次便不大喜欢"尤二姐，贾母的态度变化太大。"贱骨头"这字眼一出，众人不免践踏起尤二姐来，弄得这尤二姐更是要死不能，要生不得。

王夫人对晴雯与芳官，雷嗔电怒，出口成"脏"，"祸害妖精""狐狸精"之类的话不绝于口，失了自己的体面。贾母骂人，而且还那么粗鄙，这是第一次，尤二姐不幸撞上了。

贾母不喜欢尤二姐，固然有背景有原因，她选择"听信"地位不高的秋桐，固然有维护凤姐的因素，但尤二姐地位不高、毫无背景，才是主要原因。

尤二姐不是鸳鸯，贾母犯不着为一个饱受争议、饱受非议的尴尬女子出头；尤二姐也不是袭人，贾母不必为一个既无靠山、又无背景的不洁女子澄清。

虽说靠山不是山，背景亦非景，贾母作为鸳鸯的靠山和背景却总得给自己的得力大丫鬟一些保护，也总得给袭人的靠山与背景王夫人一点面子。所以哪怕是对晴雯，贾母明知道王夫人说了假话，也只能揣着明白装糊涂了。

贾母误会晴雯，源于王夫人的无中生有之法

到了七十八回，秋意肃杀，对美丽的花卉来说无疑是一场灾难。王夫人污蔑晴雯患上了女儿痨，贾母选择"听而不信"，却也不好明说。

两个尼姑领了芳官等去后，王夫人便往贾母处来，见贾母"喜欢"，"趁便"对贾母说起了晴雯。针对晴雯，婆媳俩你一言我一语，虽然绵里藏针、针锋相对，晴雯的悲惨命运却已经注定。

王夫人：宝玉屋里有个晴雯，那个丫头也大了，而且一年之间，病不离身；我常见他比别人分外淘气，也懒；前日又病倒了十几天，叫大夫瞧，说是女儿痨，所以我就赶着叫他下去了。……

贾母：但晴雯那丫头我看他甚好，怎么就这样起来。我的意思，这些丫头的模样爽利言谈针线多不及他，将来只他还可以给宝玉使唤得。谁知变了。"

王夫人（笑）：老太太挑中的人原不错。只是他命里没造化，所以得了这个病。俗语又说：'女大十八变'。况且有了本事的人，未免就有些调歪。老太太还有什么不曾经验过的。三年前我也就留心这件事。先只取中了他，我便留心。冷眼看去，他色色虽比人强，只是不大沉重。若说沉重知大礼，莫若袭人第一。虽说贤妻美妾，然也要性情和顺举止沉重的更好些。……

贾母（笑）：原来这样，如此更好了。袭人本来从小儿不言不语，我只说他是没嘴的葫芦。既是你深知，岂有大错误的。而且你这不明说与宝玉的主意更好。且大家别提这事，只是心里知道罢了。我深知宝玉将来也是个不听妻妾劝的。我也解不过来，也从未见过这样的孩子。别的淘气都是应该的，只他这种和丫头们好却是难懂。……

婆媳俩的对话并未结束，王夫人又回贾政如何夸奖宝玉，贾母听了，"更加喜悦"。"木头"一般的王夫人，这次说了很多话，口才非同一般，思路清晰异常，绝不逊于她的娘家内侄女兼婆家侄媳妇凤姐。

晴为黛影，袭为钗副。"晴雯立品与黛玉同，其全节较黛玉难"，"君子是以嘉黛玉而善晴雯"，青山山农一语道破晴雯的处境与品性。

其实，贾母一直在为晴雯据理力争。"但晴雯那丫头我看她甚好，怎么就这样起来。"贾母先是直接替晴雯说话，接着又从宝玉的角度替晴雯辩白："别的淘气都是应该的，只他这种和丫头们好却是难懂。"

说"难懂"的贾母对事态已经一目了然，但也只能表示"喜欢"。说"有本事的人未免调歪"的王夫人也"趁便"达到了目的。

出身好、地位稳的王夫人始终排斥"有本事的人"——长得漂亮或有点才干的人。这点远不如她的婆婆贾母，甚至比不上她的侄女凤姐。贾母喜欢漂亮、活泼、业务好的女孩子，王熙凤敢用眼空心大的"奸佞"婢女。

以上误会都发生在八十回之前。贾母先是针对王夫人和薛宝钗，那是她主动挑起，接着是一个过渡——凤姐和王夫人对付尤二姐和晴雯，她选择了顺水推舟。后四十回，突然出现了贾母误会黛玉的情形。

贾母误会黛玉，源于凤姐的偷梁换柱之谋

"我看这孩子的病，不是我咒他，只怕难好。你们也该替他预备预备，冲一冲。或者好了，岂不是大家省心。就是怎么样，也不至临时忙乱。咱们家里这两天正有事呢。"

"孩子们从小儿在一处儿顽，好些是有的。如今大了懂的人事，就该要分别些，才是做女孩儿的本分，我才心里疼他。若是他心里有别的想头，成了什么人了呢！我可是白疼了他了。你们说了，我倒有些不放心。"

"我方才看他却还不至糊涂，这个理我就不明白了。咱们这种人家，别的事自然没有的，这心病也是断断有不得的。林丫头若不是这个病呢，我凭着花多少钱都使得。若是这个病，不但治不好，我也没心肠了。"

......

这些话是谁说的？贾母说的。说谁的？说黛玉的。说这话的贾母，不再为她的"糊涂"自我检讨，她变得"不明白"，很"纳闷"，似乎完全不能理解宝玉黛玉的情愫，也从来没懂过宝玉黛玉的心思。这样的贾母，冷漠、刻薄，简直令人手脚冰凉。

"春天"里，贾母对一个不相干的小道士都能高抬贵手。清虚观打醮发生在二十九回，贾母心如暖春。一个小道士因躲避不及撞在了王熙凤怀里，被凤姐一巴掌打了一个筋斗，贾母听说，忙道："快带了那孩子来，别唬着他。小门小户的孩子，都是娇生惯养的，那里见的这个势派。倘或唬着他，倒怪可怜见的，他老子娘岂不疼得慌？"

"冬天"里，贾母对自己的亲外孙女下了杀手。读者无从得知，到底是末世令人疯狂，还是疯狂令世界走到了末日。

此时，贾母离不开的"智多星"凤姐有何作为？王熙凤"智足以谋天，力足以制人"，自然忙着促成金玉良缘的"调包儿的法子"。和贾母一样，凤姐的话同样没有人情味："林妹妹的事老太太倒不必张心，横竖有他二哥哥天天同着大夫瞧看。倒是姑妈那边的事要紧。今日早起听见说，房子不差什么就妥当了，竟是老太太、太太到姑妈那边，我也跟了去，商量商量。"

针对宝黛之情，九十七回这个横眉冷对的贾母，和五十七回那个慈眉善目的贾母简直判若两人。

紫鹃对宝玉说他林妹妹要回苏州去，宝玉魂飞魄散。贾母一见紫鹃，便眼内出火，骂道："你这小蹄子，和他说了什么？"紫鹃忙道："并没敢说什么，不过说几句玩语。"等弄明白是怎么回事后，贾母流泪道："我当有什么要紧大事，原来是这句玩话。"

从眼里出火到眼中流泪，贾母的态度瞬间软化。对紫鹃也是如此，她先怒骂紫鹃"小蹄子"，随后对紫鹃的责怪里竟然出现了夸赞的成分："你这孩子素日最是个伶俐聪敏的，你又知道他有个呆根子，平白地哄他作什么？"

贾母的言行，自然有疼爱、娇惯宝玉的成分在，但是你能看到贾母责怪黛玉的意思吗？没有，哪怕一丝一毫，哪怕蛛丝马迹。宝玉和黛玉，闹了那么大的动静，谁不懂得薛姨妈嘴里的"兄妹情"是一出紫鹃引发的"情探"？

片尾曲

我始终认为，贾母一直在成全宝玉和黛玉，至于后来态度突变，一是可能遇到了难言之隐或巨大危机，二是后四十回（无论是续写还是整理）有可能违背了作者的原意或初衷。

"玩话"之说,我认为贾母是在替宝玉黛玉做掩饰,因为二玉这次的"情探"实在玩过火了。二玉互相试探还不够,紫鹃情辞试莽玉、袭人莽辞试黛玉,已经热火朝天;再加上薛姨妈薛宝钗母女俩试探黛玉紫鹃主仆俩,更是意味深长。

终于,宝黛的爱情明朗了,婚姻却还是含混。情急之下,紫鹃出面替黛玉试探宝玉。紫鹃有那句引发轩然大波的"你妹妹要回苏州家去",贾母就有那句堵住了"观众"嘴巴的"定海神针":"我当有什么要紧大事,原来是这句玩话。"

李劼虽然也认可五十七回:"将宝黛之爱推上了辉煌激越的高潮,仿佛一个无心的玩笑,引出如此巨大的波澜,从而在客观上成为公开的宣言。"但却解读为贾母反对宝黛之恋:"但就在这样的情势之下,叙述笔锋轻轻一抖,以这么一笔将浪峰接下,然后四散开去。"

不论是支持"以薛易林"还是偏袒"木石前盟",贾母的这一句话,都堪称大手笔。你可以理解为贾母因为赞同所以举重若轻,也可以理解为贾母因为反对所以巧妙岔开。相信当时在场的所有人,都会有自己的分析判断。

此时的贾母精明强干,不会轻易被人左右、辖制以至挟持,但也没必要公开矛盾,尚可顺势而为。后来的贾母变得极为"好用",被金玉良缘阵营使用、利用以至借用,所蓄之势消耗殆尽。

在《德国的宗教与哲学》里,海涅说康德拿起手里的手杖打碎了所有的路灯,然后说没有路灯我们走路是多么困难。

康德如此,贾母又何尝不是?如果支持金玉良缘集团实施"调包计"的果真是她,如果指使傻大姐告诉黛玉实情促使黛玉绝粒的也是她,那贾母断送的岂止黛玉的一条命啊——直接害了宝玉,间接毁了贾府。

清代评点家似乎很不看好贾母。

洪秋藩在《红楼梦抉隐》里也有过类似的表达:"太君,无信之人也。

宝玉亲事，既许黛玉，复迁异于宝琴，既改宝钗，复游移于傅试之妹。婚可赖，盟可背，人而无信，莫此为甚！古无信史，故氏太君以史。"

无独有偶，涂瀛在《红楼梦论赞》中说："宝玉于黛玉，其生生死死之情，见之数矣。贾母即不为黛玉计，独不为宝玉计乎？而乃掩耳盗铃，为日前苟且之安。是杀黛玉者贾母，非袭人也；促宝玉出家者贾母，非黛玉也。呜呼！我虽不杀伯仁，伯仁却因我而死，是谁之过与？"

成也萧何败也萧何，从护花使者到宝黛爱情的破坏者，你可以认为贾母这个人以及她所处的环境变了，你更可以认定贾母置身其中的人际关系变了。

"死是一切的归结，所以也是一个故事顺理成章的结果；不过以结婚作结同样也非常合适，久经世故的高明之辈也犯不着去嘲笑这传统上成为大团圆的俗套。"英国小说家毛姆在《刀锋》的第一章讨论起小说的结局。

对《红楼梦》来说，在一本小说里，死与结婚的结局先后出现。黛玉死了，是一个故事顺理成章的结果；宝钗结婚了，读者等来了这个"大团圆"的结局。其实，整个这一过程，是一个善良向邪恶步步妥协的过程，也是一个邪恶围猎善良的过程。这样的过程，正义和善良步步退缩，邪恶和不公步步为营，这是家族和人性的巨大悲哀，呈现的是《红楼梦》这部伟大经典的巨大悲剧意义。

彩云，穿行在乌云中

不知为何，总是记得贾宝玉身边几个性情各异的丫鬟，总是忽略王夫人身边的几个丫鬟，诸如金钏儿、玉钏儿、彩云、彩霞。

金钏儿、玉钏儿是姊妹，彩云、彩霞很难说是什么关系。有把她俩当一个人的，认为彩云即彩霞，之所以出现两个不同的名字，是作者的笔误或者版本的失误。也有把她俩当作两个人的，彩云是彩云，彩霞是彩霞，各有作为。本文就把她俩作为独立的两个人来看待，当然，你若觉得她们是一个人，把她们的故事叠加即可。

值得注意的是，金钏儿、玉钏儿姊妹俩和贾宝玉的关联多些。金钏儿和贾宝玉调情，被王夫人激怒之下撵走，很快跳井而亡。为了赎罪，也为了施恩，王夫人让玉钏儿拿双份工资，月例二两银子，和袭人一样。工资一样，待遇相同，自然让人产生联想：在王夫人的谋篇布局里，难道玉钏儿和袭人一个身份，将来都是贾宝玉的侍妾？

彩云不追月，彩霞没满天，这"二彩"和贾环更亲密些。贾宝玉和彩霞亲热，彩霞"夺手不肯"，眼睛看向贾环，引得贾环恶向胆边生，用灯油泼向贾宝玉的脸。彩云和贾环的交往较之彩霞，明显更多些，在第六十回、第六十一回得到集中体现。

彩云VS金钏："推"引来了"拿"

悲剧的开始，总是充满香甜的气息。既然"霁月难逢，彩云易散"，我们还是先从金钏儿说起吧。

金钏儿和贾宝玉调情，明显的表现有过两次。一是在第二十三回，金钏儿主动邀请贾宝玉吃她嘴上的香浸胭脂；另一次在第三十回，贾宝玉从荷包里拿出香雪润津丹向金钏儿口里一送。

金钏儿和贾宝玉的两次亲密举动，都和彩云有关，虽然彩云从未推波助澜，更未落井下石。

第二十三回，贾政在王夫人房中，贾宝玉被迫去见父亲，心里好生不自在，受到金钏儿调笑。

> 宝玉只得前去，一步挪不了三寸，蹭到这边来。可巧贾政在王夫人房中商议事情，金钏儿、彩云、彩霞、绣鸾、绣凤等众丫鬟都在廊檐底下站着呢，一见宝玉来，都抿着嘴笑。金钏儿一把拉住宝玉，悄悄地笑道："我这嘴上是才擦的香浸胭脂，你这会子可吃不吃了？"彩云一把推开金钏，笑道："人家正心里不自在，你还奚落他。趁这会子喜欢，快进去吧。"

这里，两个女子都是"一把"，一个"拉住"，一个"推开"。彩云的动作幅度很大，态度也明朗，"一把推开"金钏儿。这是一个善解人心、体贴入微的丫鬟，对于主母的宝贝儿子。而金钏儿是"一把拉住宝玉"，看上去是个颇为轻浮、带点故意，甚至"拎不清"的丫鬟，竟然邀请要见父亲的贾宝玉吃自己嘴上的胭脂。

第三十回，王夫人睡午觉，贾宝玉去见王夫人，反过来主动和金钏儿调情。

　　金钏儿抿嘴一笑，摆手令他出去，仍合上眼。宝玉见了她，就有些恋恋不舍地，悄悄地探头瞧瞧王夫人合着眼，便自己向身边荷包里带的香雪润津丹掏了一丸出来，便向金钏儿口里一送。金钏儿并不睁眼，只管嘬了。宝玉上来便拉着手，悄悄地笑道："我明日和太太讨你，咱们在一处吧。"金钏儿不答。宝玉又道："不然，等太太醒了我就讨。"

　　金钏儿睁开眼，将宝玉一推，笑道："你忙什么！'金簪子掉在井里头，有你的只是有你的'，连这句话语难道也不明白？我倒告诉你个巧宗儿，你往东小院子里拿环哥儿同彩云去。"宝玉笑道："凭他怎么去吧，我只守着你。"只见王夫人翻身起来，照金钏儿脸上就打了个嘴巴子，指着骂道："下作小娼妇，好好的爷们，都叫你教坏了。"宝玉见王夫人起来，早一溜烟去了。

且不管王夫人骂起下人来是多么难听，也不管贾宝玉此次为何"能惹不能撑"，更不问金钏儿"金簪子掉在井里头"所指何意，来看看金钏儿是如何"剑走偏锋"的。

这里，金钏儿告诉主母的宝贝儿子，到东小院子去"拿环哥儿同彩云去"。这次，金钏儿有些"狗拿耗子多管闲事"，同样给人"拎不清"的感觉——竟然让和自己亲热着的贾宝玉去管庶出弟弟的风流事。

上次，彩云"一把"推开金钏儿。这次，金钏儿"八卦"了彩云一把。临死前，甜蜜中，金钏儿把彩云和贾环的亲密关系告诉了贾宝玉，不知是无意还是故意。这一"推"，那一"拿"，金钏儿和彩云是否有矛盾不好确定，但后来玉钏儿和彩云确实有一番争斗。

金钏儿为自己的轻浮付出了沉重代价，玉钏儿却从姐姐的悲剧里得到了好处——王夫人给她大涨工资，贾宝玉让她亲尝莲叶羹。我们无从得知玉钏儿是否原谅了王夫人母子，但玉钏儿肯定无法忘怀她的姐姐，在姐姐周年祭时独自垂泪。

彩云和贾环关系暧昧，与贾宝玉却没有任何亲密的迹象，就连来往都很少。面对贾宝玉，她没有彩霞那样的"夺手不肯"，也没有金钏儿那样的"拉住不放"，更没有玉钏儿那样的亲尝莲叶羹，但是贾宝玉却为她解过围。

彩云VS贾环："好"引来了"丢"

男女之间有了情愫，叫作"好"，是"相好"。彩云和贾环好，是相好，他们在东小院子干什么呢？作者不让他笔下的人物明说，读者却被曹公激发了想象力。

这样的戛然而止，《红楼梦》里有很多。比如，和本文的彩霞密切相关的一桩"公案"。王夫人好心把彩霞放出去自行婚配，王熙凤却威逼彩霞嫁给来旺不成器的儿子，赵姨娘晚间请求贾政做主把彩霞许给贾环。

> 且说彩霞因前日出去，等父母择人，心中虽是与贾环有旧，尚未作准。今日又见旺儿每每来求亲，早闻得旺儿之子酗酒赌博，而且容颜丑陋，一技不知，自此心中越发懊恼。生恐旺儿仗凤姐之势，一时做成，终身为患，不免心中急躁。遂至晚间悄命他妹子小霞进二门来找赵姨娘，问了端的。
>
> 赵姨娘素日深与彩霞契合，巴不得与了贾环，方有个膀臂，不承望王夫人又放了出去。每唆贾环去讨，一则贾环羞口难开，二则

贾环也不大甚在意，不过是个丫头，他去了，将来自然还有，遂迁延住不说，意思便丢开手。无奈赵姨娘不舍，又见他妹子来问，是晚得空，便先求了贾政。贾政因说道："且忙什么，等他们再念一二年书再放人不迟。我已经看中了两个丫头，一个与宝玉，一个给环儿。只是年纪还小，又怕他们误了书，所以再等一二年。"赵姨娘道："宝玉已有了二年了，老爷还不知道？"贾政听了，忙问道："谁给的？"赵姨娘方欲说话，只听外面一声响，不知何物，大家吃了一惊不小。

贾环此时觉得彩霞不过是个丫鬟，走了这个将来自然还有那个，意思便是"丢开手"。《红楼梦》里多互文，多影子，贾环"丢"了彩霞，是否也"丢"了彩云？

之前，贾环却对彩霞很是上心。有次，王夫人命贾环抄写佛经，彩霞奉劝贾环安生些，贾环言辞中的醋意显而易见。嫡庶"争锋"，有时是以"争风"的面目出现。

可巧王夫人见贾环下了学，便命他来抄个《金刚咒》唪诵唪诵。那贾环正在王夫人炕上坐着，命人点灯，拿腔作势的抄写。一时又叫彩云倒杯茶来，一时又叫玉钏儿来剪剪蜡花，一时又说金钏儿挡了灯影。众丫鬟们素日厌恶他，都不搭理。只有彩霞还和他合得来，倒了一盅茶来递与他。因见王夫人和人说话儿，他便悄悄地向贾环说道："你安些分吧，何苦讨这个厌那个厌的。"贾环道："我也知道了，你别哄我。如今你和宝玉好，把我不搭理，我也看出来了。"彩霞咬着嘴唇，向贾环头上戳了一指头，说道："没良心的！狗咬吕洞宾，不识好人心。"

活该多事。贾环和彩霞正柔情蜜意，凤姐来了，宝玉也来了——喝酒喝得浑身发热，也被贾环念叨得"耳朵发热"。

> 两人正说着，只见凤姐来了，拜见过王夫人。……宝玉也来了，进门见了王夫人，……宝玉便和彩霞说笑，只见彩霞淡淡的，不大搭理，两眼睛只向贾环处看。宝玉便拉她的手笑道："好姐姐，你也理我理儿呢。"一面说，一面拉她的手，彩霞夺手不肯，便说："再闹，我就嚷了。"

虽然彩霞拒绝了贾宝玉的调弄，贾环的好事却被贾宝玉给冲散了。贾环怎能不憋大招、出狠招？

> 二人正闹着，原来贾环听得见，素日原恨宝玉，如今又见他和彩霞闹，心中越发按不下这口毒气。虽不敢明言，却每每暗中算计，只是不得下手，今见相离甚近，便要用热油烫瞎他的眼睛。因而故意装作失手，把那一盏油汪汪的蜡灯向宝玉脸上只一推。只听宝玉"哎哟"了一声，满屋里众人都吓了一跳。

以上是彩霞的"正传"，贾环和彩霞的交往裹挟着宝玉和贾环嫡庶兄弟的尖锐矛盾。可巧，彩云也和贾环"相好"，却是在鸡飞狗跳中体现下人间的无事生非。

彩云 VS 宝玉："偷"引来了"恕"

蔷薇硝，由林黛玉配制，史湘云起了春癣，薛宝钗派莺儿和蕊官去潇湘馆索取。随着丫鬟之间的你来我往、互相馈赠，引来了贾府上上下下的滚滚"硝烟"。

　　原来贾政不在家，且王夫人等又不在家，贾环连日也便装病逃学。如今得了硝，兴兴头头来找彩云。正值彩云和赵姨娘闲谈，贾环笑嘻嘻向彩云道："我也得了一包好的，送你擦脸。你常说，蔷薇硝擦癣，比外头买的银硝强，你且看看，可是这个？"彩云打开一看，"嗤"的一声笑了，说道："你是和谁要来的？"贾环便将方才之事说了。彩云笑道："这是他们哄你这乡老呢。这不是硝，这是茉莉粉。"贾环看了一看，果见比先的带些红色，闻闻也是喷香，因笑道："这也是好的，硝粉一样，留着擦罢，自是比外头买的高就好。"彩云只得收了。

　　蕊官得了蔷薇硝，托人送给芳官，贾环恰在怡红院，见了也想要些，芳官以次充好，把茉莉粉给了贾环，贾环把茉莉粉当作蔷薇硝送给彩云，引得赵姨娘骂上门去。

　　蔷薇硝、茉莉粉、茯苓霜、玫瑰露，本是女人的化妆品和滋补品，却成为女人为难女人的"导火索"。

　　第六十一回，王夫人、贾政、贾母这些"大当家"不在家，凤姐生病不理事务，彩云趁机为赵姨娘、贾环母子做起了偷窃之事。

　　王夫人不在家，柜子里少了好些零碎的东西，其中就包括玫瑰露。晴雯言之凿凿地说分明是彩云偷了玫瑰露送给环哥儿了，彩云不但不承认，还说是玉钏儿偷了去。彩云和玉钏儿"窝里发炮"，吵得合府皆知，闹到上层。平儿"断案"时投鼠忌器，顾虑好人探春的体面，请求贾宝玉"瞒赃"，替彩云解了围、免了罪。

　　彩云听了，不觉红了脸，一时羞恶之心感发，便说道："姐姐放心，也别冤了好人，也别带累了无辜之人伤体面。偷东西原是赵姨奶奶央告我再三，我拿了些与环哥是情真。连太太在家我们还拿过，各人去送人，也是常事。我原说囔过两天就罢了。如今既冤屈了好人，我心也不忍。姐姐竟带了我回奶奶去，我一概应了完事。"

众人听了这话，一个个都诧异，她竟这样有肝胆。宝玉忙笑道："彩云姐姐果然是个正经人。如今也不用你应，我只说是我悄悄地偷的唬你们玩，如今闹出事来，我原该承认。只求姐姐们以后省些事，大家就好了。"彩云道："我干的事为什么叫你应，死活我该去受。"

对彩霞的好心提醒，贾环是"狗咬吕洞宾，不识好人心"，吃着宝玉的醋。对彩云的好意保护，贾环仍有如此表现，怀疑彩云和宝玉好。

赵姨娘正因彩云私赠了许多东西，被玉钏儿吵出，生恐查诘出来，每日捏一把汗打听信儿。忽见彩云来告诉说："都是宝玉应了，从此无事。"赵姨娘方把心放下来。谁知贾环听如此说，便起了疑心，将彩云凡私赠之物都拿了出来，照着彩云的脸摔了去，说："这两面三刀的东西！我不稀罕。你不和宝玉好，他如何肯替你应。你既有担当给了我，原该不与一个人知道。如今你既然告诉他，如今我再要这个，也没趣儿。"

在贾环那里，敌人的朋友就是敌人，宝玉帮了彩云，彩云一定是宝玉的朋友，和他贾环就是敌人。"纣王"固然可恶，"助纣为虐"的就更无法原谅。彩云啊彩云，你既然和我好，为何又接受我的敌人的庇护？

贾环的思路也算不上太离谱，人之常情而已。平儿和宝玉这么做都是为了探春的体面，但这真相哪有说服力？彩云急得发身赌誓，赌气把东西包了都撇在河内，只能夜间在被内暗哭。

林黛玉从小受过乌鸦贾雨村的教育，长大后却变成了喜鹊。彩云和贾环、赵姨娘厮混，短期内成了"乌云"。贾宝玉、平儿等人宽恕了彩云，彩云成为有肝胆、敢悔改的"正经人"。

彩云 VS 苔丝："爱"引来了"罪"

好女人为何要与坏男人"好"？是明珠暗投还是"萝卜青菜各有所爱"？日本作家给出的答案是"平庸之恶"，英国作家又提出了"无辜的堕落"一说。

平庸的彩云为少公子贾环，竟至于偷盗做贼。无独有偶，英国作家哈代《德伯家的苔丝》中的苔丝为丈夫安琪·克莱尔，竟然杀了情夫亚力克。

贾环和克莱尔的出身都不错。贾环是贾政庶出的儿子，是三兄弟中的弟弟，贾赦曾建议贾政把家族爵位让他袭了。克莱尔出身于牧师家庭，也是三兄弟中的老小，是不想当牧师反而想当农场主的男人。贾环出人意料地猥琐，克莱尔很是英俊潇洒。贾环虽为丫鬟吃哥哥的醋，却没把彩云、彩霞当回事，因为不过是丫头罢了；克莱尔虽娶了美丽的农家女苔丝，却遗弃了新婚妻子到巴西去了，因为知道了苔丝曾经失身与人。因为被丈夫遗弃，生活困窘的苔丝被迫委身与人。

苔丝失身与谁？苔丝委身与谁？一个发了大财、买了没落贵族姓氏的新兴资产阶级代表亚力克。对于奸污少女时期的苔丝，对于再次纠缠已婚的苔丝，亚力克理直气壮地质问苔丝的"无辜"，认为他的堕落恰好源于苔丝诱惑了他——苔丝的"无辜"诱惑了他。

男人把自己的堕落归结为女人以及女人美丽的眼睛、漂亮的红唇的诱惑。年轻美丽的女人是无辜的，但这美丽是宗罪，导致了男人的堕落，最终引发了女人的厄运——杀人。苔丝认为，杀了纠缠她的亚力克，克莱尔就能原谅她并重新爱上她。

彩云的"平庸"和"无辜"导致了她自己的堕落——偷东西，也导致了贾环的堕落——唆使偷窃、窝藏财物。平庸有时是平安的代名词，平安即福，平庸即福。但平庸也会引来祸患，因为惯于盲从，因为毫无主见。

"凡是你亲爱的丈夫相信的，你就相信，凡是他不相信的，你就不相信，一点也没有自己的探索，没有自己的主见。你们女人就是这样，你的思想完全受他支配了。"坏男人亚力克用冷冰冰的语言揭穿纯洁女人苔丝对丈夫的信任，也给了我们这些旁观者冷冰冰的答案。

"那是因为他什么都懂呀！"苔丝说道。她有些洋洋得意，对克莱尔坚信不疑。此刻，哈代终于忍不住了，对他笔下的正面人物克莱尔加以评论：其实，这种信任，就连最完美的男人也不配享受，更何况她的丈夫。

因为傲慢和偏见，苔丝的丈夫不配享有妻子的信任。那么彩云为何喜欢贾环，甚至为他铤而走险？

有人认为，贾宝玉的准姨娘准侍妾名额已满，彩云不再做此无用功。有人认为，彩霞已被王夫人批准出去自行婚配，彩云失去了这个机会。两者相加，彩云的出路就剩下了由贾府随意支配、随便指配这一条，这是彩云以至任何一个丫鬟都会极力回避的结局。那么，身为贾府少爷的贾环就成了最佳人选，庶出的怕啥，猥琐点又怕啥。

克莱尔遗弃了苔丝，亚力克再度接手。贾环丢开了彩霞，误会了彩云。克莱尔最终找回了苔丝，虽然苔丝因杀人而被判死刑。贾环还能找回彩霞彩云吗？不可能，贾环只有无辜的堕落，没有自我反省的能力。

彩云为何要为贾环犯下盗窃罪？她不能选择爱别人或者不爱吗？比如像大多数女孩子那样爱宝玉或者像鸳鸯那样谁也不爱？苔丝为何要为克莱尔犯下杀人罪？她不能选择爱别人或者不爱吗？那个时代有太多的

穷女孩选择独身或独立。

　　女人这一生，有多少名誉经得起诋毁，有多少年华禁得起摧毁啊。由"爱"到"罪"的堕落，是有些男人强加给女人的桎梏；由"爱"到"恋"的升华，是另一类男人赐予女人的礼物。好男人的礼物，是多么难得！人，情，人情，谁也逃不了。平行的，向上的，向下的，爱也有方向。

宝钗的丘壑：金簪雪里埋

在世俗的评判中，她是那么完美、那么善良，似乎从来就不会对谁发火，更不用计较什么。

她是淑女是美女，会做人、能来事，她也是有丘壑有芒刺的女子，

风波、事件里的言谈颇为深邃，甚至带着某种刻毒，更是藏掖着隐喻和符号。与她相比，黛玉吃醋时的俏皮、戏谑落花流水，鸳鸯拒婚后的愤怒、直白绵软无力。

她就是——薛宝钗。

滴翠亭扑蝶的薛宝钗，是柔情万端、风情万种的杨贵妃；题咏太极图的薛宝钗，是甘心承认宝黛爱情却又情愿成全自己婚姻的宝姐姐；掩盖投井事件的薛宝钗，是为姨娘开脱、让小人物蒙尘的外甥女。

她的纵横捭阖、她的丘壑在胸，往往被"保钗派"忽略甚至美化，却必须承认，"反钗派"眼中的"女曹操"因此凌越了烟尘，升华了格调。

"杨贵妃"符号

"宝钗借扇机带双敲"，出现在《红楼梦》的第三十回，那是一个事件频发到"密不透风"的夏天。她先"敲"了谁？宝玉和他的姐姐元春。在薛宝钗的嘴里，贾宝玉是"杨国忠"，贾元春是"杨贵妃"。

宝玉是"无事忙"，话多，心好。那次，他问宝钗"姐姐怎么不听戏去"，宝钗说"我怕热"，他继续搭讪："怪不得他们拿姐姐比杨妃，原来也体丰怯热。"

杨妃怕热到何种地步？五代人王仁裕《开元天宝遗事》记载："贵妃每至夏月，常衣轻绡，使侍儿交扇鼓风，犹不解其热。每有汗出，红腻而多香，或拭之于巾帕之上，其色如桃红也。"

杨玉环如此怕热，薛宝钗也说自己怕热，宝玉把她俩联系到一起，一点都不为过。另外，李隆基常对人夸奖杨贵妃是"解语花"，宝钗的善解人意、落落大方也被贾母、王夫人、薛姨妈、史湘云、袭人等赞不绝口，恰如"解语花"再世。

宝玉无意中的一句话，惹得宝钗"回思"了一回，脸红起来，便冷笑了两声，说道："我倒像杨妃，只是没一个好哥哥好兄弟可以作得杨国忠的！"

无须多言，大家都明白杨家姐弟的"符号"：杨国忠是祸国殃民、靠裙带关系上位的奸臣，杨贵妃是命断马嵬坡的红颜祸水。那个升平盛世不乏惊心动魄，大唐贵妃杨玉环和皇帝李隆基，纵有"七月七日长生殿，夜半无人私语时"的恩爱，也不缺"在天愿作比翼鸟，在地愿为连理枝"的缠绵，但逃亡路上的马嵬驿却成了杨玉环的"滑铁卢"——恩爱的坟墓，人生的结局。

"姐妹兄弟皆列土，可怜光彩生门户。"白居易的《长恨歌》，提到了杨贵妃的娘家兄妹都跟着她沾了光，而她的远房堂兄杨钊更是依靠裙带关系和外戚势力，成为当时政治上的"暴发户"和"幸运儿"，唐玄宗慨然赐名"杨国忠"。小人之"小"与坏人之"坏"一旦"团""聚"起来，一个朝代的阳刚便消逝不见了，堕落也会被当作成功来顶礼膜拜，于是"渔阳鼙鼓动地来"。值得玩味的是，"安史之乱"中敌我双方均打出了诛杀杨国忠的旗号，"杨国忠"从此成了弄权误国的代名词，杨贵妃因此香消玉殒。

太虚幻境，宝玉聆听《红楼梦》十二支曲子，隐喻着元春命运的《恨无常》，确曾唱到"喜荣华正好，恨无常来到"。梦里向爹娘相告"儿命已入黄泉"的贾元妃，处境和杨贵妃惊人地吻合："望家乡，路远山高。"

也不知是刻意为之还是无法自控，盛怒之下的宝钗一句话就把宝玉和元春骂成了不得善终的"杨国忠"和"杨贵妃"。对于宝钗的"大不敬"，元妃娘娘并不知情，也没理会，她似乎很欣赏这个姨表妹，赏赐的端午节礼只有宝钗和宝玉的一样且一样多。

也许，宝钗气急时的怒骂是一个预言，关于元春，关于宝玉。

其实，多心的是宝钗，宝玉绝无恶意。好在宝玉不是多心人，没和宝钗翻脸。可巧小丫头靛儿因不见了扇子，和宝钗笑道："必是宝姑娘藏了我的。好姑娘，赏我吧。"宝钗指着她道："你要仔细！你见我和谁玩过！有和你素日嬉皮笑脸的那些姑娘们，你该问她们去。"说的个靛儿跑了。当着许多人，宝玉自知又把话说造次了，便急回身，又同别人搭讪去了。

王希廉《红楼梦回评》说得中肯："宝钗怒而能忍，借靛儿寻扇发话，又借戏文讥诮宝黛，其涵养灵巧固高于黛玉，而其尖利处亦复不让。"宝钗是有涵养、能隐忍的人，对着一个小丫鬟厉声说"你要仔细"也是奇迹。当然，她是借着丫鬟找扇子的机会，再一次"敲"了宝玉一记。这次，跟着宝玉"沾光"的不是他的姐姐元春，换成了她的女友黛玉了。

黛玉不傻，她听见宝玉奚落宝钗，心中着实得意，不想靛儿因找扇子，被宝钗训斥了两句话，便改口笑道："宝姐姐，你听了两出什么戏？"宝钗也不傻，她也笑道："我看的是李逵骂了宋江，后来又赔不是。"宝玉却傻了，听到两个表姊妹的对话，便笑道："姐姐通今博古，色色都知道，怎么连这一出戏的名字也不知道，就说了这么一串子。这叫《负荆请罪》。"有了宝玉的铺垫，宝钗来了个"请君入瓮"："原来这叫作'负荆请罪'！你们通今博古，才知道'负荆请罪'，我不知道什么是'负荆请罪'！"宝玉黛玉二人心里有病，听了这话早把脸羞红了。

也许，宝钗被奚落时的"典故"是一个寓言，后来成为她丈夫的宝玉余生都在"负荆请罪"，向黛玉的爱，向黛玉的死。

人生就是那么奇妙，下结论不能太早。伶牙俐齿似乎只能和黛玉挂钩，这次却被宝钗抢了先；贾宝玉那样的"杨国忠"似乎只能是黛玉的丈夫，最终迎娶的却是宝钗。

曹雪芹在回目里称宝钗为"杨妃"，贾宝玉在言谈中唤宝钗为"杨妃"，不是空穴来风，因为宝钗的初衷在皇家，志向在后宫——除聘选妃嫔外，为公主郡主入学陪侍，充为才人赞善之职。

这就回到了前面，宝钗为何因宝玉的一句"杨妃"而大怒？愤怒源于疼痛和挫败，宝玉无意中戳到了她的痛处——她失去了元春那样入宫为妃的机会。"我没说，不代表我不会痛"，今天的流行歌曲《走在冷风中》，多多少少唱出了宝钗的"隐痛"。

"杨妃"之称，宝玉不是第一个使用者，作者才是，第二十七回的回目上说的就是"滴翠亭杨妃戏彩蝶"。宝玉的"杨妃"之称，宝钗显然反感，而曹公称呼宝钗为"杨妃"时，似乎对她也颇不喜欢。"今儿我听了她的短儿，人急造反，狗急跳墙，不但生事，而且我还没趣，少不得要使个金蝉脱壳的法子……"那天，偷听林红玉和坠儿壁角的，便是薛宝钗。"若是宝姑娘听见，还倒罢了，林姑娘嘴里又爱刻薄人，心里又细……"真难为林红玉，她诋毁的竟然是局外人林黛玉。

与受封"贤德妃"的元春相比，宝钗不缺"缅邈姿"，不缺"青云志"，缺的只是运气。也许，宝钗阵营的"金玉良缘"从来就没错，错的是那块"玉"——本该是皇帝的"玉玺"而非宝玉的"通灵玉"。

"眼前道路无经纬，皮里春秋空黑黄"，将就过"金玉良缘"，破坏了"木石前盟"，配合着"凋包计"，那个女子真是清醒自知、随分守时的薛宝钗吗？看到后来委屈难抑、隐忍不发的薛宝钗，我宁愿，她还是当初那个纵横捭阖的"女曹操"，那个胸怀丘壑的"杨贵妃"。起码，曾经的她，格局和气象都足够强大——"好风凭借力，送我上青云"。

有的人，一生是个圆，走到头竟然发现了初心。有的人生是条线，哪怕走到天尽头，遭遇的依然并非初心。

宝钗"敲"了宝玉两次，其实也曾两次被贾母所"敲"。刘姥姥进了大观园，贾母带着刘姥姥看过黛玉"上书房"一样的潇湘馆，随后来到了"雪洞"一般的蘅芜院。对于宝钗房间的素净，贾母当场指示："那使不得。虽然她省事，倘若来个亲戚，看着不像；二则年轻的姑娘们，房里这样素净，也忌讳。"忌讳什么？"我们这老婆子，越发该住马圈去了！"可能就是贾母的心声。

元春在端午节通过礼物暗示宝玉和宝钗的婚姻可能，贾母在元宵节通过说书批判佳人对才子的觊觎。

元宵佳节，两个女先儿来贾府说书，讲的是《凤求鸾》。贾母含沙射影，说了一大堆斥责"才子佳人"的话。

此处，贾母的指向肯定非常明确，但读者却"找不着北"了，因为作者根本不提黛玉、宝钗的任何表情动作抑或心理活动，而宝钗、黛玉又都符合贾母的描述。贾母到底是敲打"多心人"林黛玉还是"妥当人"薛宝钗？

电视剧里，黛玉听了此话心里一惊，面露不悦。我一直认为，此时，心惊的应该是宝钗。

那时，贾母对孙子宝玉和外孙黛玉的感情依然信心满满，胜券在握，所以她经常委派"开心果""凤辣子"去劝和去逗弄，王熙凤也因此才敢讲黛玉"吃茶"的笑话。而宝玉在"负荆请罪"时又确实夸赞宝姐姐"通今博古"，这和贾母所说的"通文知礼"如出一辙。

如果，你觉得这些理由都站不住脚，那就从"人心"入手吧。试问，谁会骂自己宝贝女儿的宝贝女儿"鬼不成鬼，贼不成贼"？何况，出众的宝贝女儿已经驾鹤西去，出尘的宝贝外孙女还在寄人篱下？

"太极图"隐喻

"杨妃"发火的夏天已过，时光匆匆来到了坠儿偷金、晴雯生病的那个冬季。

那天，岫烟和宝钗宝琴姊妹来到潇湘馆做客，再加上主人黛玉，四位妙龄女子"团坐在熏笼上叙家常"，黛玉的丫鬟紫鹃"倒坐在暖阁里，临窗户做针线"。

冬闺里，紫鹃临窗户做针线的画面，完全可以和秋天螃蟹宴的另一个画面相媲美——迎春独在花阴下穿茉莉。这样的温馨，这样的美好，难怪宝玉一进门就笑赞：好一幅"冬闺集艳图"！

说着药香和花香，赏着蜡梅和水仙，宝玉眼里的"冬闺集艳图"，不知不觉演变成了宝钗嘴里的"太极图"。

因见黛玉房中的单瓣水仙花香浓郁，又听说宝琴送了湘云一盆蜡梅，宝玉笑道："咱们明儿下一社又有了题目了，就咏水仙蜡梅。"黛玉听了，笑道："罢，罢！再不敢做诗了。做一回，罚一回，没的怪羞的！"说着，便两手握起脸来。宝玉笑道："何苦来！又奚落我做什么？我还不怕臊呢，你倒握起脸来了。"

一个"握"字，黛玉多么可爱！是啊，宝玉做不出诗来都不害臊，黛玉为什么倒替他害臊起来？很简单，宝黛二人当众秀起了恩爱。别人还没啥，宝钗却笑了："下次我邀一社，四个诗题，四个词题。每人四首诗，四阕词。头一个诗题"咏太极图"，限一先的韵，五言律，要把一先的韵都用尽了，一个不许剩。"这哪里是写诗？这分明是发疯啊。

大观园的诗人们历来有咏花的传统，桃花、海棠、菊花、梨花都可入诗，所以宝玉按照"常规""常情"提议咏蜡梅和水仙。宝钗提议咏"太极图"，初来乍到的宝琴不知何意，更不感兴趣，当即反对她的姐姐："这一说，可知是姐姐不是真心起社了，这分明难人。若论起来，也强扭得出来，不过颠来倒去弄些《易经》上的话生填，究竟有何趣味？"

接下来，"外国美人"宝琴"主讲"真真国十五岁的女诗人怎样打扮，诗疯子湘云、诗呆子香菱加入后众人又交口称赞外国女子的诗作如何精彩。对于"月本无古今，情缘自浅深"的赏析，一下子就把宝钗关于"太极图"的话题淹没了。此后，宝黛二人不秀恩爱了，改为说悄悄话。

如果说"杨妃"风波是说者无心听者有意，那么"太极"之说便是说者有心听者无意。宝钗的话即便谈不上意味深长，也从来都不会白说。什么是"太极图"？

说起来很简单，就是俗称的"阴阳鱼"，其实是个复杂的哲学命题：白鱼表示阳，黑鱼表示阴，白鱼中间有一黑眼睛，黑鱼之中有一白眼睛，表示阳中有阴，阴中有阳之理，是造型最简单、内涵最丰富的图案，揭示了宇宙、生命、物质的起源。

太极图，据说是宋朝道士陈抟传出，原来叫作"无极图"，周敦颐写了《太极图说》加以解释。若想弄懂"太极图"的含义，我们还需借助那篇对后世影响较大的《太极图说》：

　　　　无极而太极。太极动而生阳，动极而静，静而生阴，静极复动。
　　一动一静，互为其根。分阴分阳，两仪立焉。阳变阴合，而生水火木金土。五气顺布，四时行焉。五行一阴阳也，阴阳一太极也，太极本无极也。五行之生也，各一其性。无极之真，二五之精妙合而疑。乾道成男，坤道成女。二气交感，化生万物。万物生生，而变化无穷焉。惟人也得其秀而最灵。形既生矣，神发知矣。五性感动，而善恶分，万事出矣。圣人定之以中正仁义而主静（无欲故静），立人极焉。故圣人与天地合其德，日月合其明，四时合其序，鬼神合其吉凶。君子修之，吉；小人悖之，凶。故曰："立天之道，曰阴与阳。立地之道，曰柔与刚。立人之道，曰仁与义"。又曰："原始反终，故知死生之说"。大哉易也，斯之至矣。

看懂了周敦颐《太极图说》的意思，似乎才能触碰到薛宝钗诗咏"太极图"的含义。关于太极，文中说了很多——乾坤、阴阳、柔刚、仁义、死生、善恶，但"阴阳"是关键词。关于"阴阳"和"太极"的关系，文章一针见血：五行一阴阳也，阴阳一太极也，太极本无极也。

什么是阴阳？让我们从宝钗的"太极图"（第五十二回），回溯到湘云的"阴阳论"（第三十一回）。没影没形的"阴阳"，被湘云和翠缕一主一仆演绎得亦庄亦谐，最后落到了"夫妻"上。

从荷花未开、石榴开花切入，以翠缕提问、湘云回答的方式，作者阐述了自己的"阴阳观"：天地间都赋阴阳二气所生，或正或邪，或奇或怪，千变万化，都是阴阳顺逆。多少一生出来，人罕见的就奇，究竟理还是一样。阴阳两个字还只是一字，阳尽了就成阴，阴尽了就成阳，不是阴尽了又有个阳生出来，阳尽了又有个阴生出来。阴阳不过是个气，器物赋了成形。比如，天是阳地就是阴，水是阴火就是阳，日是阳月就是阴；比如走兽飞禽，雄为阳雌为阴，牝为阴牡为阳。

金麒麟是公是母？人有没有阴阳？正当翠缕问到湘云敏感问题时，恰巧捡到了宝玉丢失的金麒麟，弄得翠缕感慨"可分出阴阳来了"——

答案来了。意味深长的是，看着比自己佩戴的金麒麟还文采辉煌的另一个金麒麟，湘云"默默不语，正自出神"时，宝玉来了。

佩戴着金麒麟的豪情小姐湘云，捡到了多情公子宝玉丢失的金麒麟。说起这个金麒麟的来历，要追溯到清虚观打醮时。先看看闺阁众生相：宝钗对贾母说看见史大妹妹有一个比这小点的金麒麟，宝玉不好意思地拿起这个赤金点翠的金麒麟打算送给湘云，探春顺口夸赞宝钗"有心"，黛玉顺势讥讽宝钗专在人戴的东西上"留心"。看到这里，人们不禁要问了，金麒麟和阴阳论到底有什么关系？

麒麟有公母，这是连湘云、黛玉都懂得的"婚姻密码"。月本无古今中外，月亦无阴晴圆缺，而它的"有"这"有"那，是悲欢离合的人们赋予它的情感色彩。

黛玉忖度着才子佳人都因小巧玩物上撮合，不能不防范起宝玉和湘云的"风流佳事"来。此后，经过了蘅芜君兰言解疑癖、金兰契互剖金兰语，黛玉和宝钗的关系却大为改善，不再防范宝玉和宝钗的"金玉良缘"，一时出现了"钗黛合一"的局面。

太极有阴阳，这是宝钗暗示的宝玉、黛玉的"婚姻密码"。对于宝玉、黛玉的感情，这是宝钗面对现实的承认，不知是不是宝钗发自肺腑的成全。情缘自浅深，从承认到成全，宝钗有着怎样的心路历程？

只是"钗黛合一"又从何说起？宝钗要婚姻，黛玉要爱情，两个女子的追求一时看来并不矛盾。宝玉付出感情，又不奢望占有，暂时构架起了宝黛钗三人稳定的情感空间。

也许，"钗黛合一"一点都不神秘，它只是男人的"兼美"梦——那种对众多年轻女子毫无占有欲的"意淫"。

通过《红楼梦》与《唐·吉诃德》《神曲》《少年维特之烦恼》《哈姆雷特》等西方文学名著的比较，作家李劼凸显了贾宝玉不复仇、不占有的"爱"："唐·吉诃德对杜西尼娅的忠诚不渝，与贾宝玉对林黛玉的挚爱，完全同等。倘若将这两者互相置换，唐·吉诃德照样会为林黛玉赴汤蹈火，贾宝玉也同样会将杜西尼娅看作心中的太阳。这是一对难兄难弟，两个傻瓜男人。比起《神曲》里云遮雾障的但丁，他们的直截了当在于：除了心上人，什么都不认。相比《哈姆雷特》里的那位丹麦王子，他们只忠于爱情，不承担复仇之类的义务。但他们又不会像少年维特那样自杀，不是由于他们心智比较成熟，而是因为他们没有像维特那么实在而迫切的占有欲，非要成为心上人的丈夫不可。所以《红楼梦》将这样的挚爱叫作意淫。所谓意淫，并非只是一厢情愿的意思，而更是意指在情感上精神上的忠贞不二，更是意指毫无占有欲的全身心倾慕。"

　　且从"西洋"看到"东洋"，暂从前辈回到自己。我读日本的《源氏物语》，发现它和中国的《红楼梦》在体量和气质上有共通之处，男主人公源氏公子和贾宝玉，都是容颜如玉、体格风流的美男子，也都有一个稳重自持、端庄美丽却仅限于举案齐眉、相敬如宾的妻子，前者匹配的是左大臣之女葵姬，后者迎娶的是姨表姐宝钗。

　　两个男子却有一个极大不同，那就是源氏公子对女子的占有充满了性与欲，贾宝玉对女子的欣赏多限于爱与情。源氏公子和葵姬感情不睦，更引发了他的"放浪形骸"，夕颜、空蝉、紫姬、藤壶妃子等众多女子，都被他强行占有，他热衷于"体验"不同阶层、不同年龄的女子。而对于晴雯、龄官、黛玉等"千红"，贾宝玉充当的是护花使者，他的"猎艳"脚步根本就没有迈出过贾府，他对家庭中诸多女眷的兴趣结束于娶妻——新娘不是黛玉。

"金簪子"风波

　　在宝钗"敲"过宝玉黛玉、宝玉给湘云的金麒麟失而复得后，发生了这样一件事：王夫人身边的丫鬟金钏儿投井自杀了。

在金钏儿投井这一事件上，惹事的是宝玉，收场的是宝钗，毫无作为的是宝玉，大有作为的是宝钗——她成功地把金钏儿"投井自杀"的性质变为"失足落水"。

悲剧的开始，总是甜蜜的。

盛暑之际，王夫人睡午觉，金钏儿坐在旁边捶腿。趁母亲睡着了，宝玉挑逗金钏儿。宝玉轻轻地走到金钏儿跟前，把她耳上戴的坠子一摘，金钏儿睁开眼见是宝玉。宝玉悄悄笑道："就困得这么着？"金钏儿抿嘴一笑，摆手令他出去，仍合上眼。宝玉见了她，就有些恋恋不舍地，悄悄探头瞧瞧王夫人合着眼，便自己把荷包里带的香雪润津丹掏了出来，向金钏儿口里一送。金钏儿并不睁眼，只管嘬了。

紧锣密鼓的，是心猿意马；趁热打铁的，是柔情蜜意。

> 宝玉上来便拉着金钏儿的手，悄悄地笑道："我明日和太太讨你，咱们在一处吧。"金钏儿不答。宝玉又道："不然，等太太醒了我就讨。"金钏儿睁开眼，将宝玉一推，笑道："你忙什么！'金簪子掉在井里头，有你的只是有你的'，连这句俗语难道也不明白？我倒告诉你个巧宗儿，你往东小院子里拿环哥儿同彩云去。"宝玉笑道："凭他怎么去吧，我只守着你。"

"金簪子掉进井里头，有你的只是有你的。"金钏儿的话惊天动地，自然惊动了王夫人她老人家，只见王夫人翻身起来，照金钏儿脸上就打了个嘴巴子，指着骂道："下作小娼妇，好好儿的爷们，都叫你们教坏了！"宝玉见王夫人起来，早一溜烟跑了。"宽仁慈厚"的王夫人骂起女孩子来——不论晴雯还是金钏儿——真是粗鄙，她不顾金钏儿苦苦求情，到底叫了金钏儿的母亲把金钏儿领出去了。

老人家一发火，金钏儿这个"金镯子"只能投井自杀，真正应了

"掉进井里头"这句话。可悲的是，金钏儿生前死后都不是宝玉的，她和宝玉的情愫远不如晴雯和宝玉的。"有你的只是有你的"，那么期待、那么自信，那么信以为真、那么一厢情愿的一句话，幻化成烟花、轻雾，写不出"情"字，更谈不上"偷情"。通篇《红楼梦》，最匪夷所思的"情话"，大概就是这句"有你的只是有你的"。

金钏儿和宝玉本来没有什么瓜葛，因为一次轻薄，一次调情，性命就没了。即便有啥，也不是多大的事，金钏儿不就告诉宝玉往东小院儿里头"拿环哥儿和彩云去"嘛。可见，公子哥和丫鬟的挑逗、调情，在宗法社会里无伤大雅。之前，宝玉也曾躺在王夫人的炕上挑逗彩霞，一面说"好姐姐，你也理我理儿"，一面就去拉她的手。彩霞不像金钏儿那么"配合"，她是"夺手不肯"，并吓唬宝玉再闹下去她就嚷起来。

"'金簪子掉在井里头，有你的只是有你的'，连这句俗语难道也不明白？"对于金钏儿的这句话，别说当局者宝玉不明白，就连我这个旁观者也不甚明了。

一部《红楼梦》，谁是谁的影子，谁又是谁的文字，假如何包装成真，真又如何幻化成假，真是看也看不穿，读也读不完。"真与假互为镜像，彼此照映，在一定程度上影响了作者曹雪芹看待世界的方式，并对《红楼梦》中无处不在的'真假对立'产生了重大影响。"作家格非提到了西洋的镜子对曹雪芹世界观的影响——真与假互为镜像，我想到了中国金簪子的作用——人与物互为隐喻。

有人说晴雯是林黛玉的影子，有人说金钏儿是薛宝钗的"互文"。薛宝钗是"雪里埋"的"金簪子"，金钏儿是姓白的"金镯子"，白金钏死后的装裹就是薛宝钗的衣服，白金钏的死亡也预示了薛宝钗的结局。

抛开"影子"与"互文"，直奔话语的表面。金簪子掉进井里头，难道是指宝玉抛弃宝钗后导致"金簪雪里埋"？"有你的只是有你的"，是指宝玉与黛玉这对玉人"俺只念木石前盟"？如若金钏儿在诅咒薛宝钗、成全林黛玉，那么王夫人听到外甥女这个"金簪子"掉到井里头岂能不怒火中烧？

真真假假，影影绰绰，含蓄而复杂的事态和世相，金钏儿虽是大丫鬟，却不可能刻意说出那么深刻而透彻的话来。当然，也很难说，怡红院的三流丫鬟林红玉都能说出"千里搭凉棚，没有不散的宴席"这样的人生箴言，王夫人身边的大丫鬟金钏儿说出超越年龄和阅历的预言来也不奇怪。

也许，金钏儿忘乎所以时所说的俗话本身问题不大，得罪王夫人的是她的轻薄之态。"金簪子"一说，不好判断金钏儿这个说者到底有心与否，王夫人却绝对是听者有意。王夫人对一个自称视作"女儿"一般的下人发火发到狠毒的地步，如同宝钗听到"杨妃"一样敏感，必有背景，必有缘由。

且不管金钏儿的话是什么意思，也不问王夫人为何会生那么大的气，跳脱出来，着重看看宝钗的表现。

宝钗正和袭人东家长西家短，暗示黛玉的"不才"丑事，一个老婆子走过来说金钏儿姑娘"投井死了"。宝钗的第一反应是"这也奇了"，等她赶到王夫人房里，王夫人正在垂泪，她此时的反应依然是："怎么好好的投井？这也奇了。"宝钗连用了两次"奇"字，必有深意，必有用心。

等到王夫人避重就轻地说起自己对金钏儿的"罪过"，宝钗就更加若无其事了：姨娘是个慈善人，固然这么想。据我看来，她并不是赌气投井，多半是因为她下去住着，或是在井跟前憨玩，失了脚掉下去的。她在上头拘束惯了，这一出去，自然到各处去玩玩逛逛，岂有这样大气的理！纵然有这样大气，也不过是个糊涂人，也不为可惜。

从"赌气投井"到"失足落水"，到了宝钗嘴里，金钏儿事件的性质发生了根本改变——大事化小。哦，原来宝钗要为姨娘开脱罪责。

王夫人点头："话虽如此说，到底我心不安。"宝钗回答："姨娘也不必念念于兹，十分过不去，不过多赏她几两银子发送她，也就尽主仆之情了。"轻描淡写过后，宝钗大度地拿出自己新做的两套衣服来装裹金钏儿，多心的王夫人趁机诋毁了一通"林妹妹"的"多心"。王夫人和宝钗，一个姨妈，一个外甥女，在她们"有心"的场合，似乎很喜欢非议黛玉，动辄以"多心"责之。爱之深，责之切？无法让人信服。

"宽柔荣国府"的大结局逆袭了小人物的悲剧，王夫人的罪恶以薛宝钗的"感动大观园"收场。

只是别忽略了王夫人的丈夫，贾政还有动作。趁着忠顺王爷府来人找宝玉索要琪官，贾环借机向贾政进谗言，说宝玉哥哥"强奸不遂"才导致金钏儿赌气投井而死。"在外流荡优伶"与"在家逼淫母婢"两大罪名，足以让贾政"眼都红了"，不能不对宝玉大打出手。

从"调情"到"强奸"，到了贾环的嘴里，贾宝玉事件的性质也发生了巨变——小事变大。贾环陷害了哥哥，却不妨碍宝钗包庇姨娘。

宝钗就这样被夸来夸去，黛玉就这样被骂来骂去，终于，宝钗和宝玉近了——举案齐眉，黛玉和宝玉远了——泪尽梦断。到底意难平的宝玉，果真是宝钗心仪的"猎物"吗？

没有情，没有爱。你可以说，薛宝钗善解人意，更注重生者与亲人的利益；你也可以说，薛宝钗冷漠无情，虽说"任是无情也动人"。

不还手，不放手。从哲学的角度，你可以用儒道释来理解她的过程；从宗教的意义，你可以用因果报应去对应她的结局。

《金刚经》有偈云："一切有为法，如梦幻泡影，如露亦如电，应作如是观。"若不懂，就去看看《红楼梦》吧。红楼一"梦"，到底是什么"梦"？这个梦，大概是空是幻，如泡如影，若有若无，若来若去。

即便是梦，那也毕竟有过啊——此生又似不虚。看书看了多年，读"红楼"读了多年，总算因为"世事洞明"而看懂了些许"人情练达"。

懂得她的冷，直到我冷；直到我"无情"，我才懂得她的"不情"。

为林妹妹暗洒闲抛过，我却发愿做一阵好风送她"上青云"；体验了"眼前道路无经纬"的艰涩困厄，我也终于收敛起"质本洁来还洁去"的纯净。

风月无边，回头是岸。原来，作茧者多自缚。

黛玉的峥嵘：玉带林中挂

红楼梦醒。梦醒后，无路可走，是种痛。梦醒了，也是幸运，令人长舒一口气：原来，那些委屈与惊悸都发生在梦里。

人性，不好写。曹雪芹厉害，写出了小说《红楼梦》。写人性的诗句，更为精炼，让人敬服的有两句，一是"等闲变却故人心，却道故人心易变"，二是"我本将心向明月，奈何明月照沟渠"。

当黛玉遭遇生存法则

经常走在一条路上，自然会对那条路产生感情。

习惯了一种生活方式，自然会对那种生活方式产生依赖。

从南方小城扬州到繁华京城，从静谧安逸的小家到外祖母复杂纷乱的大家庭，敏感、柔弱的林黛玉如何迅速融入贾府的生活里？

见异样的人，走异样的路，过异样的日子——如鱼去鳞，似蛾扑火，确实需要惊人的勇气和非凡的智慧。

黛玉家人口少，"上无亲母教养，下无姊妹扶持"，林父也非无妻妾成群之辈，家庭关系极其简单。母亲仙逝后父亲病故，成了孤儿的林黛玉，只好长期客居外祖母家。贾家名门望族，家大业大，人口众多，关系复杂。

老爷少爷、奶奶小姐、丫鬟仆妇，再加上"贾王史薛"四大家族的人情往来，可谓错综复杂。寄人篱下，本来就得赔着小心，在枝枝蔓蔓的大家庭里寄人篱下，更得"步步留心，时时在意"。

大舅妈邢夫人待黛玉还算和气，二舅妈王夫人却有"雷人之举"，招呼外甥女坐舅舅贾政的位次。"王夫人却坐在西边下首，亦是半旧青缎靠背坐褥，见黛玉来了，便往东让。黛玉心中料定这是贾政之位，因见挨炕一溜三张椅子上也搭着半旧的弹花椅袱，黛玉便向椅上坐了。"不管是过去还是现在，不管是宴席还是会议，座次绝对是礼仪之邦的"第一礼仪"。

好在黛玉冰雪聪明。

晚上，贾母举办欢迎晚宴，为林黛玉接风。饭后，丫鬟用小茶盘捧上茶来，先漱口，后饮用。这一做派显是和林家不同，"当日林家教女以惜福养身，每饭后必过片时方吃茶，不伤脾胃"。黛玉见贾府许多规矩不似家中，"也只得随和些，接了茶"。

贾宝玉的出场没给黛玉留下任何好印象，完全符合林母所说的"顽劣异常"。贾宝玉先是理直气壮地为林黛玉杜撰名字，接着莫名其妙地摔玉，后来自作主张要黛玉和他住在一起。虽有王夫人告诫在前，虽有母亲生前的警告，黛玉见到鲁莽顽皮的贾宝玉还是伤心落泪了。袭人劝慰黛玉不要多心伤感，黛玉乖觉地回答："姐姐们说的，我记着就是了。"随后，黛玉不顾身体虚弱和旅途劳累，"又叙了一回，方才安歇"。

在震惊和热闹中，拜见过一批生疏的面孔，领教了许多异样的做派，黛玉在贾府的第一天过去了。

从此以后，面对漫长的寄居生活和复杂的家庭关系，黛玉始终坚持随和、小心，即使偶尔偏离贾府的规矩和习惯，也仍不失大家闺秀的风范。黛玉和迎春探春惜春三位性情各异的小姐相处融洽，和表姊妹薛宝钗史湘云虽有感情之争也算惺惺相惜，和权倾一时的大管家王熙凤谈笑风生，和贾宝玉一起承欢贾母膝下，和古板的舅舅贾政也能谈诗论画。

黛玉不仅和贾府的高层相处愉快，对周围群众更是宽容大度。自己的丫鬟情同姊妹，来办事的下人见到必赏，惹人厌烦的赵姨娘好茶招待，就连晴雯、金钏被宝玉祭奠都不嫉妒，就连紫鹃教导她怎么为人处世都不反驳，就连下层丫头误会她为"鬼"都置之一笑，就连袭人和贾宝玉"鬼鬼祟祟"都说"我只拿你当嫂子"。

有段时间，黛玉的坏脾气和小心眼人所共知，她的好脾气和大气几乎要被抹杀。黛玉的坏脾气和小心眼是给恋人贾宝玉的，黛玉的好脾气和大气大度送给了周围的群众。黛玉和贾宝玉一会儿哭，一会儿笑；一会儿好得蜜里调油，一会儿闹得乌眼鸡似的。

薛宝钗、史湘云和袭人等暗恋明恋贾宝玉的女子，纷纷发出语言的利剑，宣传林黛玉的小心眼、控诉黛玉的坏脾气。长辈王夫人借题发挥，不惜以晴雯为靶子，影射黛玉的是是非非。黛玉脾气之坏，心眼之小，自然而然就被"发扬光大"了。

日久见人心，曾经的误解总算澄清，曾经的偏见总算消除。薛宝钗终于了解了宝黛之恋的真挚，开始撤离"三角恋爱"；史湘云不再反唇相讥，通过联诗在精神层面与黛玉达到了默契；薛姨妈搬到潇湘馆和林黛玉做伴，黛玉赶着叫娘；薛宝琴得到贾母的宠爱，黛玉亲热有加；袭人的手下坠儿盛赞林黛玉的大方，薛宝钗的仆妇感叹黛玉的漂亮。

黛玉把自己的宿舍整理得优雅、洁净，审美专家贾母发出了由衷的赞美。室外，凤尾森森，龙吟细细。竹子密密麻麻，风吹过，雨打过，传来细细柔柔的声音。室内，药香不断，书香绵绵。

丫鬟紫鹃和雪雁，赤胆忠心，随和本分，俨然一对爱的鸟儿。林黛玉在这样的环境里，身边又是这样的女子服侍，脾气一度好到宁静致远。

一个独闯京城的女孩子，为了生存，为了爱情，不得不收敛起自己的脾气，不得不掩饰自己的爱好——做一个小心又大方、随和又宽容的女孩子。

谁能说林黛玉不懂生存法则？

黛玉偶露峥嵘

"不是东风压了西风，就是西风压了东风。"林黛玉对袭人说。

追溯这句话的源头，还有不得不说的故事。

第八十二回，宝玉上学去了，袭人想到晴雯之死，不觉滴下泪来。"忽又想到自己终身本不是宝玉的正配，原是偏房。宝玉的为人，却还拿得住，只怕娶了一个厉害的，自己便是尤二姐香菱的后身。素来看着贾母王夫人光景及凤姐儿往往露出话来，自然是黛玉无疑了。那黛玉就是个多心人。想到此际，脸红心热，拿着针不知戳到哪里去了，便把活计放下，走到黛玉处去探探她的口气。"

袭人和黛玉闲聊中，提到了香菱、尤二姐做姨娘的遭遇。

袭人道："可不是。想来都是一个人，不过名分里头差些，何苦这样毒？外面名声也不好听。"黛玉从不闻袭人背地里说人，今听此话有因，心里一动，便说道："这也难说。但凡家庭之事，不是东风压了西风，就是西风压了东风。"袭人道："做了旁边人，心里先怯了，那里倒敢去欺负人呢。"

正说着，薛宝钗派出的婆子来给黛玉送蜜饯荔枝来了，满嘴里胡说什么林姑娘和宝二爷是一对儿，原来真是天仙似的。袭人和黛玉的对话没能进行下去，也没必要进行下去了。

黛玉说的是家庭，是妻妾关系，带有十足的女人味，关心的却是谁主沉浮。

一向多情缠绵、自闭自恋的林黛玉迸出了一句饱含杀机的话。黛玉的峥嵘不是一时冲动，她的心态一直保持在竞争状态上，心情也一直高度紧张。

在大观园里，她总想在才艺上战胜群芳，宝玉也总想创造机会引发别人欣赏她的满腹才藻。元妃省亲，林黛玉就因"未得展才，心上不快"；起社作诗，自己的作品多次独占鳌头；娱乐活动，语言上总是占上风。史湘云在芦雪亭烤鹿肉吃时，黛玉笑道："那里找这一群花子去！罢了，罢了，今日芦雪亭遭劫，生生被云丫头作践了。我为芦雪亭一大哭。"湘云冷笑道："你知道什么！'是真名士自风流'。你们都是假清高，最可厌的……"

黛玉的恃才傲物掩饰的是自己的无依无靠，极度自负的外表下藏着一颗极度敏感的心。

黛玉的这句话，没有起到"敲山震虎"的作用，却把自己的心思暴露给了袭人。袭人本来有合作意向，这次彻底死了心，投奔宝钗去了。

黛玉是个好诗人，却不是一个好的军事家、政治家。这点还不如袭人，袭人都知道"知己知彼，百战不殆""不入虎穴，焉得虎子"，为了自己的利益和立场，到林黛玉处探听虚实。

少数胜不了多数，弱兵胜不了强将。虽有贾母的保驾护航，宝玉的柔情蜜意，但贾母毕竟年事已高，宝玉也不是专一的男人。

贾母年事已高，这个靠山不知哪天就会突然坍塌。就算贾母精明强干，王夫人等更是人多势众。两个"玉"只会哭哭啼啼，打打闹闹，根本无法体会贾母的良苦用心，更不能担当贾母的左膀右臂，不具备军事家的潜能和素质，更不具备政治家的远见卓识。

贾宝玉说到底不过是一个"中看不中用的银样镴枪头"，他的温柔体贴分给了太多的女人。如果说宝玉是一盆甜汤，宝钗、湘云，袭人、平儿，金钏、龄官等都能分得一杯羹。

黛玉不会用人，不懂战术，不择时机，只因偶露峥嵘，就把"准姨娘"袭人推向了宝钗，成了宝钗的得力干将。

一步走错，全盘皆输。不论林黛玉是沉湖而死还是绝食而亡，她的失败都是注定的。

黛玉的 N 种姻缘

爱情的结局不一定是婚姻，婚姻的开幕也不一定是爱情。李绮许配给了甄宝玉，高鹗的说法。薛宝琴先嫁梅翰林之子，后来"不在梅边在柳边"，曹雪芹的原创。史湘云嫁贾蔷，薛宝钗嫁贾环，林黛玉嫁北静王，学者的最新研究成果。

爱情有时像自杀。想死的感觉，来时势不可挡，因故受阻，也就不想死了，可以好好地活下来了。爱一个人，来时势不可挡，因故受阻，也就不再爱了，可能好好地爱自己去了。

读者疼林妹妹，爱林妹妹，黛玉的姻缘直让人牵肠挂肚，都希望林妹妹能重新开始自己的爱情和婚姻。林黛玉的归宿是哪个男子？薛蟠、甄宝玉、北静王都有说法，唯独真爱贾宝玉没有在林妹妹的鸳鸯谱里出现。

黛玉嫁薛蟠，薛宝钗开玩笑时说过，薛蟠见到林黛玉确实"酥"了。

黛玉嫁甄宝玉，紫鹃的赤诚傻想。听说甄宝玉和贾宝玉一样人物，紫鹃痴意发作，心里说道："可惜林姑娘死了！若不死时，就将那甄宝玉配了他，只怕也是愿意的。"

不能释怀林姑娘，不仅当事人紫鹃"荒唐"，作为旁观者的我们也一起"荒唐"。有人认为，"木石前盟"，是指林黛玉和甄宝玉前世的约定，贾宝玉只是"假宝玉",不是"真宝玉",是林黛玉今生的过客。甄宝玉虽然若隐若现,但人品、才貌、家世并不逊于贾宝玉。就将那甄宝玉配了林黛玉,只怕读者也是愿意的。

令人费解的是,贾宝玉似乎在促成黛玉和北静王。不管"木石"姻缘是指甄宝玉还是贾宝玉,"念珠"一说肯定在北静王身上。贾宝玉曾把蒋玉菡的汗巾系在袭人身上,袭人后来果真嫁给了蒋玉菡。北静王送贾宝玉念珠,贾宝玉把念珠转赠黛玉,惹得黛玉痛斥:"什么臭男人拿过的,我不要这东西!"既然贾宝玉促成袭人和蒋玉菡的姻缘,以此类推,贾宝玉利用"念珠",也在介绍黛玉和北静王认识,有意无意地。就将那北静王配给林姑娘,只怕贾宝玉也是愿意的。

如果说"念珠"男人北静王被黛玉拒绝,"蓑衣"男人北静王却和林黛玉有了某种联系。

雨夜,黛玉孤坐,作词《秋窗风雨夕》。贾宝玉头上戴着大箬笠,身上披着蓑衣,来看望他的林妹妹。林妹妹见贾宝玉的装扮另类,不觉笑起来,问是哪里来的"渔翁"。贾宝玉坦诚:"这三样都是北静王送的。他闲常下雨时,在家里也是这样。你喜欢这个,我也弄一套来送你。"黛玉又一次笑了:"我不要他,戴上那个,成了画儿上画的和戏上扮的渔婆了。"

黛玉虽然仍说"不要",但却用"渔婆"自比了。联系到刚刚把贾宝玉叫作"渔翁",林黛玉后悔不迭,羞得满脸飞红。对于林黛玉的儿女之态,贾宝玉"却不留心"。

黛玉知道,"多半才子佳人,都因小巧玩物上撮合",因而对宝钗的金锁、湘云的金麒麟耿耿于怀。而念珠、蓑衣所代表的婚姻密码,林黛玉显然是能读懂的。林黛玉的感情寄托在贾宝玉身上,贾宝玉却引导林黛玉转向别的男人,林黛玉不能不排斥北静王的念珠和蓑衣。贾府一直困扰,命相显示贾家还会再出一个王妃,大家看重的是探春,也许另一个王妃是林黛玉？

有人说，黛玉不是北静王的妃，是妾。是妃是妾，那是地位问题，不是姻缘问题了。袭人嫁给蒋玉菡，是夫人还是妾的身份，也是众说纷纭。

作家汪宏华认为，贾宝玉只有彻底拿掉自己这块磁石，才能真正改变薛宝钗、林黛玉、史湘云固有的磁力线，迫使她们重新定位人生，寻找精彩世界。

此后，黛玉从"木石"转向"念珠"，薛宝钗从"金玉"转向"钗环"，史湘云也开始破解蔷薇下的金麒麟之谜。总之，贾宝玉拒绝了所有女子的示爱和求婚，不管是爱他的还是他爱的。也许他和余则成一样，希望爱恋自己的女子能有更广阔的天地、更光明的世界。

贾宝玉用暗示对身边的美女进行启发，用"小巧玩物"暗示缘分，撮合婚姻，他把蒋玉菡的汗巾系在花袭人腰间，把金麒麟放在可能联想到贾蔷的蔷薇架下等史湘云经过，把北静王的念珠和蓑衣穿戴到林黛玉跟前。

终于，王夫人谋划的"金玉良缘"，男主人公变成了贾环，"金玉"变成了"钗环"。贾母暗助的"麒麟姻缘"，才貌仙郎变成了贾蔷。林黛玉钟情的"木石前盟"，男主角变成了甄宝玉，"木石"后来让位于"念珠"。

贾宝玉到哪里去了？出家了。林黛玉呢？只能"被姻缘"了。不管林黛玉对她的 N 种姻缘愿意不愿意，反正我是替她愿意的。出嫁，活着，爱，多好。

第三辑　红楼·风物

《红楼梦》与多米诺骨牌效应

覆巢之下，安有完卵？读《红楼梦》，我一次次想到多米诺骨牌效应。游走于书中，它早已不是心理学效应，而是强大的现实压力。

而那些流言，却如同蒲公英的种子，飞向四面八方，助推将倾的大厦。流言，有时呈现浪漫的绯色，从来不带一星半点的血色，但却具有杀人的威力。

命运面前，没有侥幸；流言中间，没有真相；覆巢之下，没有完卵。这样的罪与罚，真是无辜。

命运面前，没有侥幸

"绣春囊"一出现，贾府的女人们——不论是主子还是奴才——便不淡定了。也许是寂寞了太久，正需要借助别人的丑闻来提提神。只是，当好戏频频上演之时，厄运也就接踵而至了。

查抄大观园，创意者是王善保家的，邢夫人的陪房，她针对的是宝玉屋里的晴雯，王夫人趁机"借刀杀人"，毕竟晴雯是贾母指派给宝玉的，正愁师出无名，不好发难。而王夫人的陪房周瑞家的，又查出了王善保家的外孙女司棋私自找"女婿"的事，此后引发了司棋和潘又安的死亡。

复杂的裙带关系，一目了然的是人性与利益。

凤姐——邢夫人的儿媳妇，王夫人的内侄女，一直在场，她虽然设法解脱晴雯，保护晴雯，无奈王夫人的"刀"已经指向了清白的晴雯，司棋一事不过是王夫人"借力打力"的小插曲。

王善保家的"一心只要拿人的错儿，不想反拿住了他外孙女儿"，只好打自己的脸，骂自己"说嘴打嘴，现世现报"，惹得众人笑个不住。"笑个不住"的人里，就有凤姐——她看司棋的笑话，却没能保住晴雯。

查抄大观园，直接害死了司棋和晴雯，也间接害死了凤姐。这里，可以参照探春的话："你们别忙，自然连你们抄的日子有呢！你们今日早起不曾议论甄家，自己家里好好的抄家，果然今日真抄了。咱们也渐渐的来了。可知这样大族人家，若从外头杀来，一时是杀不死的，这是古人曾说的'百足之虫，死而不僵'，必须先从家里自杀自灭起来，才能一败涂地！"探春说着，不知不觉流下泪来，想到家族的存亡，给了王善保家的一记耳光——作为庶女，她是无法向王夫人甩耳光的。

探春不是预言家，她只是预测者，贾府果真"一败涂地"，凤姐无法幸免。

想当初，凤姐是多么狂妄，多么强势！"你是素日知道我的，从来不信什么阴司地狱报应的，凭是什么事，我说要行就行。""弄权"的凤姐对铁槛寺的尼姑静虚这样说道。后来，"力诎"的王熙凤"遇见"好友秦可卿的鬼魂都吓得汗如雨下，赶紧主动去请散花寺的尼姑大了为她求签。人没变，还是同一个人，变的是处境："萧瑟秋风今又是，换了人间。"

王夫人更不能幸免于难。她的长子贾珠夭逝，她本该学会疼爱次子贾宝玉，学会怎样做母亲，但是她却一点都没有改变，断送了贾宝玉的终身和幸福。面对贾府的倾倒，她又岂能做到"完卵"一枚？即便侥幸做到了，生命的意义又何在？

"病西施""妖精似的东西""轻狂样儿"，王夫人当众辱骂晴雯，真的很掉价尖刻。"有本事的人未免调歪"，王夫人背地议论晴雯的话，真的很刺耳。她以为，勾引贾宝玉的必是晴雯那样长得好看的女子——水蛇腰、削肩膀、长指甲。她以为，教坏贾宝玉的必是晴雯那样做事爽利的女子——"病补雀金裘"的业务能力、为宝黛传递旧手帕的"红娘"角色、"撕扇子作千金一笑"的放肆行径。却不知，那"笨笨的"贤人、为她所信任所依赖的袭人，才是那个教唆者，也是宝黛爱情的发难者，更是宝玉种种不幸的始作俑者。

我同情王夫人的儿子贾宝玉，虽然他在父母眼中是"不肖子"。我也同情贾宝玉的父亲贾政，虽然人人皆称他为"假正经"。他的妻王夫人是阴暗的"木头"，以吃斋念佛掩盖暴戾。他的妾赵姨娘粗鄙不堪，动辄为一点蝇头小利兴风作浪。书中还提到一个周姨娘，但是老实巴交，连"戏份"都没有。这样的妻妾组合，贾政真是惨透了。而儿子们也并不省心，优秀的贾珠让他伤透了心，不优秀的贾宝玉让他伤透了脑筋，有乃母之风的贾环猥琐不堪。比起儿子来，女儿要出彩得多——元春是他的骄傲，探春是他的依靠。

"人以群分"，贾赦很是看好贾环，曾对贾政提起世袭的爵位会给他。贾赦的话，有"废长立幼"的嫌疑。只是贾宝玉从来就不在乎这个，他有自己的路可走——有人说他出家当了和尚，有人说他写小说当了作家。

在命运面前，没有侥幸者。哪怕"侥幸"如娇杏，从甄士隐的丫鬟做到了贾雨村的夫人，不也要接受贾雨村"披枷带锁"的命运吗？

流言中间，没有真相

王熙凤的职场，粉面含春，八面玲珑，但她的情场，却充斥着骗局。她诱骗别人，丈夫则哄骗她。

王熙凤对贾琏是忠诚的。至于"毒设相思局"的她和贾瑞是否另有隐情，那也只能任凭人们去想象了。贾琏出差在外，凤姐和平儿早早关门闭户，远离是非。但是焦大的一句话却粘上了她：养小叔子。

其实，焦大从来也没明确说过养小叔子的就是王熙凤，更没什么人公然议论王熙凤玩过小叔子。事实是，越是含混的流言，传播的威力就越大。流言，有时呈现浪漫的绯色，从来不带一星半点的血色，但却具有杀人的威力。

小女人式的情意绵绵早已不在我的审美范围，我的诸多伤感，尽付女强人王熙凤。对毒设相思计的她，我从来不知该激赏还是该痛斥，也不知是贾瑞禽兽不如还是她心狠手辣。我只知，亦计亦局，亦局亦计。

男生说，贾瑞是罪有应得，怪不得凤姐的手段。如果他没有欲望，何至于被人左右？要了他性命的，还是他自己。女生说，凤姐拒绝贾瑞，非关贞节，而是原则。凤姐不是为贾琏守身如玉，

也没失去爱人的能力，她就是不能容忍贾瑞那样的"癞蛤蟆"伤及她的完美。

"贾瑞越界了"，今天的年轻人都那么理智性而睿智。"拒绝男人，女人付出的代价相当大"，我总是这句话。

凤姐恶狠狠地惩治了贾瑞，但不能阻止暧昧流言的传播。你可以说旁观者不明真相，但别忘了旁观者有时真的不愿明白真相。真相有什么意思？不就是一个成功女人对付一个毛头小伙子的骚扰吗？凤姐这样的女人，必须被绯闻围绕才会让周围的人过瘾。

凤姐拒绝贾瑞，以至于贾瑞死去，她的丈夫贾琏知道了会如何？她的公公贾赦知道了会如何？她的大伯子贾珍知道了会如何？估计没有哪个男人会赞美她的贞操和刚烈。因为他、他、他，都是一路人。

贾赦这头老牛爱吃"嫩草"，他意图强纳母亲的丫鬟鸳鸯为妾，也让儿子笑纳他用过的丫鬟秋桐。贾珍呢？是肥水不流外人田的男人，是专吃窝边草的兔子，他的情史壮烈而独特——和儿媳神神秘秘，和小姨子勾勾搭搭。而贾琏，凤姐的丈夫，先是在凤姐生日那天和仆人鲍二的媳妇偷情，再是偷娶了尤氏的异母妹妹尤二姐。

普天下的人都知道贾琏偷娶了二房，私设了外室，只有凤姐还蒙在鼓里。凤姐无法阻止贾琏娶二房——那是男人的福利、大房的美德——只好再次启用"毒"字号"暗杀"令。毒，第一次是对打她主意的男人，这次是对打她丈夫主意的女人。

骗局。一个又一个。你骗我，我骗你。骗，都为了一张假脸。这张假脸罩着家族和家庭，写着利益和前程。贾府，果真有点假。

对了，凤姐是否天性毒辣？凤姐是否天生爱妒？她也一定有过光洁的笑容和纯净的热情吧？是什么耗尽了她的热情，弄丢了她的笑容？

优秀的女人往往被要求完美。这种完美，有那么一部分不是自己主动去追求的，而是别人强加的苛刻。能干的女人，会遇到乞求，遇到要求。"乞求"她们给予帮助，会捧杀她们；"要求"她们日臻完美，能棒杀她们。

对女人来说，当善良不顶用的时候，第一反应便是启动邪恶来帮忙。明知道是错的，却必须将错就错下去。现实来得残酷而急促，她们无法麻醉自己或者跳脱出局，根本不可能理智地减轻事件在生命中的分量，直至出现更大的影响力，甚至破坏力。

对于背叛和挑衅，也有宽容的女人，不用"对付"，只用"对待"。这个宽容和美德无关，有的是积极的放下——独立，有的是被动的妥协——绝望。

"哭向金陵事更哀"，王熙凤人生的总结和终结。凤姐的悲剧，不是女人的首场演出，也不是女人的压轴戏，强势如武则天，卑微若秦香莲，都在自己的人生旅程里轻易遭遇挑战和背叛。

来不及幸灾乐祸，等不到独善其身，王熙凤的结局已经让我们为之心疼，为之震颤。哭是没有用的，哀是没有用的。好在，因为凤姐给刘姥姥的那点施舍和救济，巧姐保住了，在乡村里绽放天性和笑容，不必反省和赎罪，为她的父辈，为她的祖辈。

覆巢之下，没有完卵

男人作恶，女人受罪；兄长作死，姊妹代过。这是《红楼梦》这部小说给我们的"醒世恒言"。突然间理解了惜春——她的激烈和决裂，她的孤单与孤介。

一直想和惜春说几句知心的话，可就是无从表达，无法表达。今天，我郑重向她道歉，因为我曾经的"从众"——责怪她冷心冷面，埋怨她无情无义。

元春、迎春、探春和惜春，贾府"四春"。四个美好名字的谐音极不美好——"原应叹息"。元春似乎死在皇帝丈夫的政局里，迎春确定死在负义夫君的淫威里，探春远嫁，惜春出家。三个姐姐的际遇让人唏嘘不已，最小的千金小姐惜春更令人扼腕叹息。

惜春公开与哥嫂吵架，公然与宁国府决裂，最终抛家弃舍，出家为尼，貌似冷心冷面，无情无义，其实她是不想被带累——被带累坏，被带累脏。无论她多么孤介，如何年幼，也知道宁国府只有门前的两只狮子是干净的（正如柳湘莲所骂的那样——柳二哥也是冷心冷面的）。

只是深陷泥淖中的她又如何能全身而退？风言风语依旧不会放过她，

因为她就是"那里"的人，她必须为"那里"买单。风言风语并不十分可怕，不在乎不计较不理会也就罢了。一旦"风言风语"升级为"锋言锋语"，厄运也就不远了，噩梦也会频频出现在"红楼梦"里。

哥哥贾珍和儿媳秦可卿的"爬灰"事件，哥哥贾珍调戏两个小姨子的"壮举"，还有那些说不清的无聊，弄不明的无望，颠倒了上下之分，破坏了男女大防，更不用说和社会秩序的抗衡，向人性良知的嘲讽。

宁国府的"死作"，最后却"作死"了荣国府。虽然曹雪芹也曾忍痛暗示贾府"家业消亡首罪宁"，可是怪谁怨谁都已经来不及了。

疾病会传染，祸事也会传染。宁国府出了那样的丑闻和罪恶，荣国府里，后宫的贤德妃元春不可能再"贤德"，朝堂的贾政就是"真正经"也无济于事了，贾宝玉的"大观园"成了"乌托邦"，贾府这座坚固大厦呼啦啦倾倒，四大家族也如多米诺骨牌一样相继扑倒。

千万不要纵容亲人"作恶"，告诉他们还是要克制和收敛，唤回良知和底线。因为在亲人或友人的"恶毒"旁，你是做不到明哲保身的。若想明哲保身、全身而退，大概又是红楼一梦吧。

恨有破坏力，爱有爆发力，争有占有欲，斗有控制欲，不爱不恨、不争不斗似乎才能细水长流——显然这是大多数人都不愿接受的。

承担、包容、退让，分别是向前、同步、向后。一个人同时拥有这三个姿态，人生大抵清宁。《红楼梦》里，女儿们都是水做的骨肉，是真是善是美，有承担有包容有退让，可依然没能做到自保。

惜春会画画，贾母大张旗鼓地支持她画大观园，但她始终没有完成那幅巨作。画着画着，她不画了。也许，她的心里已经充斥着恐惧，只是那时她还不知道那种强烈的恐惧预示着什么事件。也许，她的心里早已充斥着虚无，只是那时她还不清楚那种强烈的虚无暗示着什么结果。

你看，多么显赫的"贾"，说倒就倒了，快到连女当家贾母都吃惊，惨到连男当家贾政都无力。而贾府男男女女的命运，除了吃力和无助外，最惨痛最耻辱的大概就是那些如花美眷一落千丈，变成了娼妓，而且永无赎身和从良的机会。

每每想到电视剧里史湘云与"爱哥哥"贾宝玉重逢时竟然身为官妓，我的心就疼痛不已。那一个个生命由鲜活而枯萎，由高贵而堕落，没有一个是因为自己的"罪"，却承受了宁国府那个深宅大院的"罚"。

这样的罪与罚，真是无辜。所以，给自己和家人以安全和安宁，是一种本能；净化社交圈和生活圈，是一种本事。

面对黑暗，你要学会为自己制造光明，做小小的萤火虫；面对严寒，你要学会寻找一点温暖，做小小的飞蛾；面对粗鄙，你要试着破茧而出，做小小的蝴蝶；面对贫瘠，你要试着慢慢积累，做小小的蜜蜂。做好萤火虫、飞蛾、蝴蝶、蜜蜂，你就勇敢、坚强了，也更美丽、自信了。这样的期许——热诚而天真，是我，能给惜春的"唯一"。

林黛玉的"婚姻密码"

北静郡王、南安郡王、西宁郡王、东平郡王，《红楼梦》中的四家王爷。和贾府走动较勤的，是北静王爷和南安太妃。林黛玉的"婚姻密码"，又和北静郡王、南安太妃息息相关。

甄宝玉、贾宝玉、薛蟠，《红楼梦》中的三个男子。和林黛玉接触频繁的，是贾宝玉。甄宝玉是贾宝玉的替身或者影子，没有出现在林黛玉面前。林黛玉的婚姻密码，却也和甄宝玉、薛蟠多少有点关联。

北静郡王的"赠予"含义、南安太妃的"会见"模式，薛宝钗的"认娘"事件、王熙凤的"吃茶"风波，都是林黛玉的"婚姻密码"。

北静郡王的"东风恶缘"

"东风恶，欢情薄"，南宋词人陆游的悲鸣，生死爱人唐婉的生命挽歌。"莫怨东风当自嗟"，北宋文豪欧阳修的感慨，红颜胜人林黛玉的爱情绝唱。

大家都知道，薛宝钗有明着的"金玉良缘"，林黛玉有暗中的"木石前盟"。如果说薛宝钗的婚姻密码是"金玉"，那么林黛玉的命运密码可能就是"东风"。"东风恶缘"可以称作林黛玉的"婚姻密码"，恰如薛宝钗的"金玉良缘"。

林黛玉似乎和"东风"有缘。第一次是在夜宴上，她抽到了"莫怨东风当自嗟"的命运之签；另一次她与袭人舌战，说出了"不是东风压了西风，就是西风压了东风"的经典名言。

"莫怨东风当自嗟"，这句诗出自欧阳修的《再和明妃曲》，前一句是"红颜胜人多薄命"。

欧阳修的诗完整地讲述了王昭君出塞的故事："汉宫有佳人，天子初未识。一朝随汉使，远嫁单于国。绝色天下无，一失难再得。虽能杀画工，于事竟何益。耳目所及尚如此，万里安能制夷狄。汉计诚已拙，女色难自夸。明妃去时泪，洒向枝上花。狂风日暮起，漂泊落谁家。红颜胜人多薄命，莫怨东风当自嗟。"

王昭君远离故土，泪洒花枝："明妃去时泪，洒向枝上花。"林黛玉的《葬花词》里出现过类似的诗句："独倚花锄泪暗洒，洒上空枝见血痕。"

如果用王昭君隐喻林黛玉，用明妃远嫁单于暗示林黛玉的终身大事，那么林黛玉和皇室必定有某种渊源或者姻缘。

元妃通过端午节礼物委婉暗示贾宝玉和薛宝钗的姻缘，贾母和林黛玉可以不去理会。如果皇帝赐婚，成全北静王和林黛玉的婚姻，贾家就不敢置之不理，只能领旨谢恩。"汉计诚已拙，女色难自夸"一句意味深长，道出了汉室的尴尬和王昭君的无奈。也许，面对皇家，贾家也有无计可施的尴尬，林黛玉更有被迫他嫁的无奈。

面对皇家，贾府的尴尬如果只是可能，那么恐惧却是真实的。恐惧，是贾府"鲜花着锦，烈火烹油"外表下的内核。贾政生辰那日，一开始不知元春已经"才选凤藻宫"，"夏"太监宣贾政入朝，果真"吓"坏了贾家人："贾母等合家人心俱惶惶不定，不住的使人飞马来往探信。"忠顺亲王的人上门索要戏子琪官，贾政暴打儿子贾宝玉，言辞激烈："那琪官是忠顺王爷驾前承奉的人，你是何等草芥，无故引逗他出来，如今祸及于我。"

呆霸王薛蟠有机会见到林黛玉，儒雅的北静王水溶自然也有机会。薛蟠见到林黛玉酥倒了，北静王可能更会惊为天人。如果北静王看中了林黛玉，要娶林黛玉，贾家不会拒绝。南安太妃看中探春，探春被迫远嫁海疆，贾家尚且没有怨言，何况要娶林黛玉的是定居首都的"友邦"北静王？

林黛玉和贾宝玉的爱情口耳相传，但他们一直没有婚约，林黛玉即使嫁给北静王，也不算"违约""失节"。就算林黛玉不如探春有担当，有抱负，她也不会以死来抗婚抗旨，那会给舅舅家甚至贾宝玉引来杀身之祸。以林黛玉的见识和性格，她不会主动自杀，那样动静实在太大，但会选择被动死亡，缓缓地、轻轻地。

玉被水溶，水溶于玉，玉应该是温润的、通透的。如果林黛玉不喜欢"被水溶"，命运便会像王昭君那样，不温润、不通透——原以为终身已定，最后却得另嫁他人。林黛玉的人生里刮起了东风，命运轨迹由此改变，只剩下芙蓉花般的"风露清愁"。

林黛玉似乎没能做到"莫怨东风"，她用微弱的声音独自抵制"东风恶"，耿耿于怀的是她和贾宝玉的"欢情薄"。从北静王的念珠和蓑衣，我们已经触碰到林黛玉和王爷甚至皇帝的某种联系，隐隐地、悄悄地。

念珠和蓑衣均来自北静王，带有皇家的烙印。林黛玉本能地拒绝贾宝玉转赠的念珠和蓑衣，态度坚决地说"我不要"。"此系前日圣上亲赐鹡鸰香念珠一串，权为贺敬之礼"，北静王把念珠的来历说得清清楚楚。蓑衣也是贾宝玉穿戴到林黛玉面前的，他说："你喜欢这个，我也弄一套来送你。"林黛玉笑了："我不要他，戴上那个，成了画儿上画的和戏上扮的渔婆了。"

"渔翁""渔婆"的说法，羞煞了林黛玉，也给读者留下了神秘的气息，想象的空间。

"狂风日暮起，漂泊落谁家。"林黛玉最终死在哪里，以何种方式死亡，我们一直在破译，在猜谜，但林黛玉这位"红颜胜人""多薄命"却是肯定的。

此次"东风"颇为含蓄，有种怨气不敢流露，有种哀伤不能表达，林黛玉似乎像明妃那样身不由己，任由命运捉弄。另一次"东风"则明朗得多，铿锵有力，节奏明快，林黛玉化身为铿锵玫瑰，用军事家的气魄评点家庭琐事。

头号竞争对手晴雯死后，袭人想到自己的终身，矛头直指林黛玉，先把林黛玉定位成"多心人"。关于贾宝玉的正室人选，袭人知道"宝玉的为人却还拿得住"，"只怕娶了一个利害的，自己便是尤二姐香菱的后身"。

想到这里，袭人不觉脸红心热起来，再也坐不住，便到潇湘馆去探听林黛玉的口气。林黛玉从没听到袭人背地里说人，心里一动，便说道："这也难说。但凡家庭之事，不是东风压了西风，就是西风压了东风。"

袭人和林黛玉对话，探讨妻妾关系，口才明显不行，境界明显不高，林黛玉虽是被动应战，却言简意赅，入木三分，只是"心里一动"便说出了这样立体而峥嵘的"名人名言"。

南安太妃的"会见模式"

距离产生美，距离也制造婚姻和爱情。传说和史实，给了我们太多的事例和案例。

李隆基爱上杨玉环，是年龄距离——年迈的公公恋上年轻的儿媳妇；

牛郎爱上织女，是时间距离——每年才能见上一面；梁山伯爱上祝英台，因空间距离——两人的家不在一起；白素贞爱上许仙，因身份距离——男方是人女方是妖；林黛玉爱上贾宝玉，因生命距离——前世两个人就在仙界相爱过。

也有内心爱上，而人却越走越远的，那是——活着的距离。探春经营自己的婚姻，也许后来爱上了自己的丈夫，也和距离有关——心理距离。

南安太妃用意不明的"考察"，男方没有到场的委托式"相亲"和由此带来的探春"远嫁"，也和距离有关——视角距离。

俗话说，人在做天在看。有时，看着你的不仅仅是"天"，还有"人"。

你在看风景，看风景的人在看你。不经意的眼神，研究你，打量你，喜欢你，厌恶你。也许你根本没注意，也许你根本看不到，事后回想起来，一片茫然，一片空白，几乎留不下关于眼神的记忆，关于见面的记忆。心理上没准备，感觉上不到位，就会忽略别人的眼光和视线。

这不，南安太妃的眼神已经在打量贾府的五位美女，太妃的眼神一定和五位美女的命运和幸福有关，和美女的婚姻和前途有关。等到命运的谜底揭开时，不知冰雪聪明的美女们能否记起南安太妃当年意味深长的眼神。

贾母八旬大寿，南安太妃、北静王妃到贾府祝寿。祝寿期间，女人们借助聊天、听戏，进行女人们的"社交"。此次高层会晤的主题，便是贾府里的五位美女，土生土长的只有探春，"外来人员"有四位：宝钗和宝琴、湘云和黛玉。

南安太妃念叨五位美女之时，五位美女正在一起听戏。对于五位美女的缺席，贾母解释为"病的病，弱的弱，见人腼腆"，南安太妃依然坚持己见："既这样，叫人请来。"贾母便命令凤姐把史（湘云）、薛（宝钗和宝琴）、林（黛玉）四位姑娘带来，还不忘强调，"再只叫你三妹妹陪着来罢"。

南安太妃见了五位美女赞不绝口,但态度显然不同。因和史湘云最熟,南安太妃开起了玩笑:"你在这里,听见我来了还不出来,还等请去!我明儿和你叔叔算账。"玩笑话里,虽是责备,但流露的却是非同一般的交情。

接下来,就是对薛宝钗和探春,一手拉一个,"连声夸赞"。最后才是林黛玉和薛宝琴,"也着实细看,极夸一回"。

南安太妃分层次会见了五位美女,边握手边说话,接着总结五位美女的表现:"都是好的!不知叫我夸那一个的是!"随后,南安太妃发放纪念品——五个金玉戒指再加上五串腕香珠,结束了短暂的会见。

腕香珠于我们很陌生,但红麝串和香念珠大家都有印象。

元春曾经赐红麝串给薛宝钗,薛宝钗有了腕笼红麝串的娇羞,因为她读懂了礼物暗示的婚姻密码。贾宝玉曾经把北静王的鹡鸰香念珠拿到林黛玉跟前献殷勤,林黛玉严词拒绝,因为她也读懂了礼物暗示的婚姻密码。腕香珠分发给了到场的五位美女,迎春和惜春没能受邀参加,邢夫人大为恼火,借机把王熙凤骂了一通,因为她也读懂了礼物暗示的婚姻密码。贾母知道凤姐所受的委屈,说邢夫人"素日没好气",故意给凤姐没脸,因为她也读懂了礼物暗示的婚姻密码。

为祝寿,南安太妃热热闹闹地来了,又借故身体不爽,悄无声息地走了。南安太妃此举必定和五位美女的婚姻有关,高鹗先生替南安太妃看中了探春,读者做南安太妃肚里的蛔虫,认为薛宝钗、薛宝琴、史湘云、林黛玉都有可能。

南安太妃不经意的会见,已经决定了五位美女的命运。因为五位美女的关系可谓是"牵一发动全身"。若探春远嫁,其余的四位就不需远嫁,就会在贾府继续进行"金玉""木石"之争。如果相中了薛宝钗,林黛玉和贾宝玉的感情就有了着落。如果是史湘云、薛宝琴、林黛玉中的一位，她们的婚姻和命运便如多米诺骨牌，都得推翻重来。

别人眼中的你，是不一样的，虽然你就是你。如万花筒，从不同的角度有不同的内容；如山峰，横看成岭侧成峰。南安太妃眼里的五位美女到底如何？孰轻孰重？谁是必选谁是候选？不知道。我们也可以用万花筒看南安太妃，当她装作若无其事地决定美女们的命运时；我们也可以乘船欣赏南安太妃的远近高低，当她心照不宣地进行美女的取舍时。

偶然的会见，决定了你的必然；不经意的眼神，决定了你的将来。美好的眼神，可以孕育美好的爱情；探究的眼神，可以创造美满的婚姻。探春的婚姻和婚姻培养的爱情，同样因为距离而美满，因为不经意而淡然。

薛宝钗的"姑嫂情结"

如果钗黛能合一，薛宝钗、林黛玉两位绝色女子会不会重写娥皇女英共事一夫的佳话？

如果薛宝钗嫁给了贾宝玉，林黛玉会不会嫁给同样有南方成长背景的甄宝玉，从而实现"南南联盟"？

如果薛宝钗嫁给贾宝玉，林黛玉会不会嫁给薛蟠，去当薛宝钗的亲嫂子？

林黛玉嫁给薛蟠，男人接受不了，因为男人爱把自己当成贾宝玉，并且贾宝玉都是爱林黛玉的；林黛玉嫁给薛蟠，女人接受不了，那是关于一朵鲜花插在牛粪上的梦魇。林黛玉嫁给薛蟠，林黛玉接受不了，因为她满心满眼只有一个宝玉；林黛玉嫁给薛蟠，贾宝玉接受不了，因为贾宝玉睡里梦里总有一个她。

但是有人能接受，有人愿成全，她就是薛蟠的妹妹薛宝钗。

薛宝钗不是乱点鸳鸯谱的乔太守，也不是关心哥哥的婚事过了头，她做事是极有分寸和眼色的，对不争气的哥哥也多是抱怨和责备。

随着宝黛爱情的稳固，林黛玉和贾宝玉没有了嫌隙，林黛玉也和薛宝钗变得情同姐妹。林黛玉不再防范薛宝钗，更不去刻薄薛宝钗，所以当整个贾府都知道"金玉良缘"的传说就要变成现实时，只有林黛玉一个人还沉浸在对贾宝玉的痴情和对薛宝钗的信任里。

为了心安理得地去做贾宝玉的妻子，为了名正言顺地除去林黛玉这个"劲敌"，薛宝钗和林黛玉从姊妹关系变为姑嫂关系，从情敌关系变为亲戚关系似乎顺理成章。当然，在宝黛钗三人的感情纠葛中，这只不过是薛宝钗的一厢情愿。

《慧紫鹃情辞试莽玉　慈姨妈爱语慰痴颦》一回里，薛姨妈把邢岫烟定给薛蝌为妻后，和薛宝钗一前一后来到潇湘馆说闲话。林黛玉这时和薛宝钗的关系已经大为改善，看到薛宝钗在妈妈面前撒娇，就羡慕人家，想认薛姨妈做娘。

> 林黛玉（笑）："姨妈既这么说，我明日就认姨妈做娘。姨妈若是弃嫌，就是假意疼我。"
>
> 薛姨妈："你不厌我，就认了。"
>
> 薛宝钗："认不得的。"
>
> 林黛玉："怎么认不得？"
>
> 薛宝钗（笑）："我且问你，我哥哥还没定亲事，为什么反将那妹妹先说给兄弟了？是什么道理。"
>
> 林黛玉："他不在家，或是属相生日不对，所以先说与兄弟了。"
>
> 薛宝钗（笑）："不是这样。我哥哥已经相准了，只等来家才放定，也不必提出人来。我说你认不得娘的，一一细想去！"（薛宝钗和她母亲挤眼儿发笑。）

这一出戏，林黛玉要认薛姨妈做娘，薛宝钗故意说不可，暗示黛玉和薛蟠的婚事。林黛玉听了这话，自然不依，薛姨妈搂着她，笑说"你姐姐和你玩呢"。薛宝钗却继续开玩笑，让妈妈明日和老太太求了，聘林黛玉做媳妇，岂不比外头寻的好。这时候，薛姨妈突然提起老太太说过的一个笑话："我原要说他的人，谁知他的人没到手，倒被他说了我们一个去了。"最后，薛姨妈又体贴地说："我想你宝兄弟，老太太那样疼他，他又生得那样，若要外头说去，老太太断不中意，不如把你林妹妹定给他，岂不四角俱全？"

薛宝钗大胆的玩笑近乎荒诞，薛姨妈慈爱的安慰堪称完美。母女俩的"闲话"带出了太多的可能，太多的"四角俱全"：薛宝钗嫁到贾府，满足了老太太想和薛家人做亲的愿望；林黛玉嫁给宝玉，总会比外头说的媳妇更让老太太放心；林黛玉聘给薛蟠，既比外头寻的媳妇好，又让宝钗放了心。

至于薛姨妈拿宝玉安慰林黛玉，不知是真弄不懂女儿的心呢，还是取笑林黛玉的痴情，抑或是老谋深算到了蒙蔽孤女的地步？蒋勋先生认为薛姨妈和薛宝钗是真心疼爱林黛玉，真诚为林黛玉的幸福着想。而我，总觉得哪里不对劲。

对于嫁出林黛玉，薛宝钗是如此热心，全然不顾借住在亲戚家的女儿身应有的矜持。老太太、太太如果相中了薛宝钗做贾宝玉的媳妇，为了良心上过得去，给林黛玉安排一桩婚事也在情理之中。假如薛蟠看过林黛玉的风流婉转后却没办法忘怀，"酥倒"在那里再无法"站起来"，那真是——我不敢往下想了。

对林黛玉的婚姻热心的，除了宝钗，还有紫鹃。林黛玉和紫鹃看似主仆关系，却形影不离，情同姐妹。

薛姨妈做客潇湘馆之前，紫鹃曾对贾宝玉说林妹妹要回苏州去，那是紫鹃第一次"着急"第一次"情探"。紫鹃第二次"着急"第二次"情

"探"，便是在薛姨妈面前。

听薛姨妈说到要把林黛玉定给贾宝玉为妻，紫鹃当真了，忙跑来笑请姨太太出面说媒："姨太太既有这主意，为什么不和太太说去？"薛姨妈笑道："这孩子急什么！想必催着姑娘出了阁，你也要早些寻一个小女婿去了？"

紫鹃飞红了脸，笑道："姨太太真个倚老卖老的！"说着便转身去了。

这两出"情探"，是紫鹃的热切和忠心，却也暴露了林黛玉的心思，把宝黛私情大白于天下。这给林黛玉带来了更为恶劣的影响，一则林黛玉失品遭人嫌弃，二则感情外露被人提防。

王熙凤的"吃茶事件"

想阻止一件事的发生，最好把此事大白于天下。王熙凤和薛宝钗深谙此道，把宝黛爱情大白于天下，让宝黛爱情"见光死"。

事情一旦大白于天下，就不会缺少议论和关注，就不会缺少破坏和阻挠。对当事人来说，情也不是那个情了，爱也不是那个爱了，爱的甜蜜变得苦涩不堪起来。

王熙凤和薛宝钗接触不频繁，她们的血缘关系似乎容易被人遗忘。王熙凤是王夫人的内侄女，也是薛姨妈的内侄女，薛姨妈还是王熙凤的薛姑妈，三人都姓王。王熙凤和薛宝钗是姑表亲，如同贾宝玉和林黛玉。在国人的心目中，姑表亲的亲情是远胜过姨表亲的。

为什么王熙凤和薛宝钗那么热衷于拿宝黛爱情说事，拿宝黛爱情娱乐？在那样的时代，那样的家庭，只有把宝黛爱情大白于天下，才能挡住他们向婚姻的进发，才能挡住爱之花结出爱的果实。在众人的关注（也有关心）下，在大家的议论（甚至非议）中，有几人能厚着脸皮将别人眼里"丑陋"的爱情进行到底？

王熙凤和薛宝钗用的是玩笑方式——她们确实有过顺水推舟的迎合，或者，不负责任的暗示——薛宝钗在"认娘"事件上演绎，王熙凤在"吃茶"事件上发挥。

第二十五回，林黛玉说王熙凤送的茶不错，要打发丫头去王熙凤那里再要些。王熙凤说不用去取了，派丫头给她送来，因为还有事要求她。林黛玉听了便笑道："你们听听，这是吃了他们家一点子茶叶，就来使唤人了。"王熙凤便同林黛玉开玩笑说："倒求你，你倒说这些闲话，吃茶吃水的。你既吃了我们家的茶，怎么还不给我们家做媳妇？"众人听了，一齐都笑起来。李纨夸奖王熙凤说话诙谐。林黛玉说："什么诙谐，不过是贫嘴贱舌讨人厌恶罢了。"说着，便啐了一口。凤姐笑道："你别做梦！你给我们家作了媳妇，少什么？"又指着贾宝玉说道："你瞧瞧，人物儿、门第配不上？根基配不上？家私配不上？哪一点还玷辱了谁呢？"林黛玉抬身就走。

王熙凤和薛宝钗肆无忌惮地拿少女林黛玉的感情开玩笑，她们身边的下人也有类似议论。

小厮兴儿和红楼二尤闲聊家常，说到宝玉的婚事："他已有了，只未露形。将来准是林姑娘定了的，因林姑娘多病，二则都还小，故尚未及此。再过三二年，老太太便一开言，是再无不准的了。"兴儿是贾琏的小厮，得出这一"定论"，肯定和贾琏王熙凤夫妇平日的言谈有关，也就是说，兴儿的信息来自贾琏和王熙凤。

除了王熙凤身边的兴儿，薛宝钗的婆子也说过这种话，只不过婆子没轻没重，是当着林黛玉的面说的。

薛宝钗派婆子给林黛玉送蜜饯荔枝，婆子说林黛玉和贾宝玉"是一对儿"，又说"这样好模样儿，除了宝玉，什么人擎受的起"，引起了林黛玉的"噩梦"。梦中，贾母、王夫人等要赶林黛玉回家，对她的苦苦哀求置之不理，这时她才深痛自己没有亲娘："便是外祖母与舅母姊妹们，平时何等待的好，可见都是假的。"

暂且不管林黛玉的感受是否多心，后来发生的事证实了林黛玉的梦境和判断。王熙凤搞出了个"调包计"，促成表妹薛宝钗嫁给贾宝玉，终于实现了"金玉良缘"的传言。贾母接受了这个计划，"木石姻缘"的传奇终于消散，林黛玉的爱情婚姻以夭折告终。

林黛玉的聪明无人能比，但她到死都不知道自己的爱失败在哪里，她幽怨的呓语仍是对着宝玉发出的。

命运这东西，谁也奈何不了它，恐怕就连主宰命运的人也应付不了人世间这么多的变数和无常。

你认定的结局，可能和你无缘；你认定的知己，可能会对你背叛；你沉浸在童话或神话般的幻想中，就有可能被愚弄蒙骗；你的简单纯良，可能会开出恶之花，也可能会结成善之果。

笔下留"情"，文中埋"雷"

小雪节气，下起了这个冬天的第一场小雪。我关起心扉，转向我的"深山"。

王熙凤和秦可卿的契合、贾宝玉和秦钟的深厚，秦钟和智能儿的缱绻、秦可卿和贾宝玉的暧昧，若隐若现，或明或暗。突然间，醍醐灌顶，洞若观火——"假作真时真亦假"。那个梦，那个镜，以虚写实，以假乱真。原来如此，"缘"来如此！

你看，同一轮太阳，有的叫朝阳有的叫夕阳，有时叫朝阳有时叫夕阳。我之所以这么说，只是想提供一条"隐秘"的心理途径，以便尽量理解一个人的行为模式——不同寻常抑或一反常态。"存在即合理"的背后，也许深藏着"存在不合理"。

有一种局，叫相思

在欲望面前，人们将爱，或者夺爱。在危机面前，人们自杀，或者，他杀。在黎明面前，人们半梦，或者半醒。

一条叫作"度"的灰线，如同一条草蛇，隐藏在爱与恨、美与丑、梦与醒之间，为人们指点迷津，指引方向。而那些不知不觉过线的，自是非"蠢"即"毒"。聪明的读者一下子就想到了：王熙凤毒设相思局，贾天祥正照风月鉴。

"为尊者讳"，历来是我们的优良传统，曹雪芹也不例外。为秦可卿，他"笔下留情"，删减了"淫丧天香楼"一节，贾珍的"爬灰"事件变得扑朔迷离。为王熙凤，他拿出了"风月宝鉴"，混淆凤姐"毒设相思局"的手腕，"养小叔子"的似乎只是镜中美人。

如果不是焦大的揭示，如果没有文本的暗示，人们根本无法确定有些事情是否发生过。

"真与假互为镜像，彼此照映，在一定程度上影响了作者曹雪芹看待世界的方式，并对《红楼梦》中无处不在的'真假对立'产生了重大影响。"格非先生提到了实体的西洋镜对曹雪芹世界观的影响，我想到的是另一面虚幻的镜子——风月宝鉴。

贾瑞手中的风月宝鉴，正面是给人诱惑的美女，反面是令人恐惧的骷髅。那么问题来了：关于凤姐，那个厌烦男子挑逗就置人于死地的烈女，那个想方设法置人于死地的罪人，孰真孰假，孰是孰非？

王熙凤和秦可卿关系非同一般，秦可卿致病、致死，也许吓坏了凤姐——如果她的秘密哪一天也暴露于光天化日之下，秦可卿即便不是她的下场起码也是她的前车之鉴。

探望过秦可卿，凤姐一人走到园内，遇见了"冤大头"贾瑞。贾瑞的重头戏来了，死期也到了。凤姐动用百般手段，不整死贾瑞绝不罢休，难道仅仅是因为痛恨"癞蛤蟆想吃天鹅肉"的贾瑞"没人伦"？难道不是为了保护自己的安全、自己的声名？

一部《红楼梦》，谁是谁的影子，谁又是谁的文字，真是看也看不穿，读也读不完。有人说晴雯是黛玉的影子，有人说晴雯是黛玉的补充，那秦可卿会不会是王熙凤的影子或补充？

我一直不明白温柔的秦、泼辣的王为什么能相处得那么好，有那么多私房话要说，现在似乎有点明白了：当家的两位少奶奶名为婶子和侄媳，实则闺蜜——既同病相怜，又保守着类似的秘密。

凤姐年轻、漂亮，恍若神仙，貌似妃子。过生日，办丧事，她一直很能干。风骚、玲珑，有欲望、有活力。

但是"威"凤姐的丈夫贾琏却是个"俗"男人，好的坏的，腥的臭的都往家里拉。贾琏偷情于鲍二媳妇还算小事一桩，偷娶尤二姐那可真是致命伤害。李纨开玩笑说平儿可以和凤姐换个位子，凤姐的判词却又预示贾琏真会休了她。所以，她放高利贷，因为钱让她觉得可靠。所以，她破坏别人的婚事，因为觉得那样畅快。

秦可卿，人说"情可亲"。我却觉得，理解为"情可倾"也不为过。整死贾瑞，逼死尤二姐，凤姐那么光鲜，却又那么血腥——情能倾倒众生，也能倾国倾城，更能倾家荡产。

有些事，完全可以理解，却一点不能原谅。比如，凤姐的诸多选择和雷霆手段。

"哭向金陵事更哀"，凤姐的结局怎样？各人有各人的想象。骂人的为什么是焦大，马粪都堵不住他的嘴？各人有各人的理解。

有一种爱，叫避讳

因为对一个男人说"不"，所有的人都对她说"不"。他是贾赦，她是金鸳鸯。

因为她愿意成为"猎物"，他便成了"猎人"。她是秦可卿，他是贾珍。

他猎取她，那是什么样的力量和心态？她成为他的猎物，又是什么样的心态和力量？宝珠和瑞珠，虽在他和她身边，却只是不伦事件的旁观者——她们看到的是不可泄露的"天机"而非"人祸"。凤姐，虽然名为秦可卿不同府邸的婶娘，却正是整个秘密的分享者——她懂得可卿的心路并不轻松。

同一轮太阳，有的叫朝阳有的叫夕阳，有时叫朝阳有时叫夕阳。同一个女子，有人说"擅风情"有人说"必主淫"，有时被赞多情有时被斥淫荡。

她，宝玉的侄媳妇兼梦中情人，凤姐的侄媳妇兼闺中密友，尤氏的儿媳妇兼致命情敌，贾珍的儿媳妇兼缱绻情人。她，启蒙了男人却也实践了自己，受害于礼教却又受益于俗世。

她，大概是秘密最多的一个红楼人物。她的出身，她的结局，她的病因，她的葬礼，无不让人纳罕，令人起疑。

你，你们，自然又知道她是谁了，"眼前好景俱空，梁上余音犹绕"的秦可卿。

主子安排焦大送秦可卿的弟弟秦钟回家，引得焦大撒泼，痛骂"爬灰的"和"养小叔子的"。因为这句话太重，焦大作为文学人物"站"了起来。很多人认为，焦大嘴里"养小叔子的"是秦可卿，而"小叔子"则是贾宝玉。我辩解说，贾宝玉是秦可卿的叔叔辈，不是小叔子，小叔子是平辈，指丈夫的弟弟或丈夫本家的弟弟。辈分上，我可以替贾宝玉与秦可卿开脱，但情事上，我就无能为力了。

在可卿具象高贵、意象暧昧的卧房里，宝玉梦游起了太虚幻境，和他初试云雨情的仙姬妹妹恰好和卧房的主人同一个芳名。至于作者忍不住脱离故事，通过所谓仙界断定贾府的灭亡首先归罪于宁国府，秦可卿更是犯罪嫌疑人。

贾敬生辰，凤姐去宁国府赴宴，先去看望尤氏病中的儿媳妇秦可卿，

"低低说许多衷肠话儿"。尤氏好不容易等到凤姐，笑道："你们娘儿两个忒好了，见了面总舍不得来了。你明日搬来和他同住吧。"

听着戏、喝着酒，凤姐突然想起问问爷们都往哪里去了，婆子回答吃酒去了，尤氏又一次意味深长地笑道："哪里都像你这么正经人呢！"席间，尤氏笑赞凤姐的"正经"，却又暗示凤姐闺蜜的"不正经"。是啊，凤姐虽然泼辣、风骚，甚至也有"作奸""犯科"的嫌疑和罪证，可是"正经""透明"，一眼可以看到底。

由元春即将省亲，谈起了王熙凤祖上的职业和职务。贾琏的乳母赵嬷嬷回忆起贾府预备接驾时曾在姑苏扬州监造海船，修理海塘，王熙凤赶紧说王府也预备过一次，她爷爷专管各国进贡朝贺的事，看来是外交部的。

秦可卿虽说生得"形容袅娜，性格风流"，可是出身和行为实在可疑，也许就是尤氏没说出口的"不正经"——她到底不是焦大那样的下人。焦大骂得出口，尤氏却说不出口。在谩骂中表功，在谄媚中快慰，奴才心理在他的一言一行中蔓延，奴性文化在他的一生一世里固结，这样的人只能是焦大。

营缮司郎中秦邦业向养生堂抱养的秦可卿，小名叫作可儿，乳名叫做可卿，官名叫作兼美——和宝玉梦游太虚幻境时警幻许配给宝玉的仙姬妹妹同名。秦可卿活着时，贾宝玉睡在她香艳的卧房里，做起了关于她的春梦，唤起了她的小名。至于秦可卿死后，公公贾珍的痛不欲生和尽其所有，婆婆尤氏的抱病不出和不理丧事，更让人人深信她"淫丧天香楼"绝不仅仅是传闻。

秘密最多的女子，也是杀伤力极强的女子。绯闻最多的女子，也是亲和力极强的女子。在贾府那样的环境里，能让众人在她的丑闻面前闭嘴的，凤姐没做到，可卿做到了。

闭口不谈，绝口不提。也许，众人是自觉地"为尊者讳"，也许，众人是无奈地"为爱人讳"。也许，众人只是不能开口，也许，众人只是不敢开口。

那个死后引得老男人痛哭、小男人吐血的俏女郎，那个生前在势利贾府里很得宠、曾得势的少奶奶，那个贾母心里"最得意""极妥当"的好孩子，那个公公嘴里"比儿子还强十倍"的儿媳妇，便是秦可卿。

肯定秦可卿的为人处事，是贾母看错了人？引发秦可卿的情天恨海，是贾珍强加于人？

现实里，你真的相信她是秦邦业抱养的女儿吗？传说中，你真的认为她是警幻仙姑的妹妹吗？

有一种痛，叫经历

经历了，才有资格说"经历"。失去了，才有力量说"失去"。

"你连世界都没观过，哪里来的世界观。"电影《后会无期》，就有这么"霸气"的台词。

秦氏姐弟和贾宝玉，都不怕后来者的这种"霸气"。

秦钟，表字鲸卿，可卿的弟弟。秦可卿，秦邦业抱养的美丽女儿，秦邦业老来得子，秦鲸卿是他亲生的清俊儿子。

贾宝玉，恰与秦氏姐弟都有不解之缘。亲近女色，源自秦可卿卧房一睡，回家后他拿袭人做了亲身试验，不然王夫人也没机会听信袭人的谗言。沉溺男色，又有秦钟同学，后来他和蒋玉菡似乎有点瓜葛，不然贾政绝无机缘暴打儿子。

王希廉的《红楼梦回评》说得好："宝玉两途色障，皆由秦起，此秦氏罪魁也。"不过，话又说回来，宝玉自爱男色与女色，又岂是秦氏姐弟的错？

生活中，大姑娘的俏丽打扮、小媳妇的悄然传说，都会诱发男孩子的钟情或爱慕。秦可卿，也许就是贾宝玉不同辈分的"大姑娘""小媳妇"。而秦钟，在贾宝玉眼里也是兄弟，贾宝玉不让秦钟喊他"小叔"。

秦钟，在《红楼梦》一书中的文字不长，寿命也很短，却先后掀起了同性恋风波、异性恋风浪。他短短的一生，就是钟情的一生，就是情种的一生。因他的"女儿之风"，宝玉动了"龙阳之兴"，引起贾府子弟大闹学堂，大打出手。为姐姐送殡，他竟也能"得趣馒头庵"，和小尼姑智能儿"百般的不忍分离"，引发了自己夭逝黄泉，情断人间。

秦可卿死了，宝玉吐血。秦鲸卿死了，宝玉痛哭。先知先觉中，秦可卿成了宝玉的梦中情人。不知不觉中，秦鲸卿成了宝玉的俗世友人。

秦鲸卿和智能儿亲热，被宝玉发现，笑言睡下后要和秦钟"慢慢儿的算账"。"却不知宝玉和秦钟如何算账，未见真切，此系疑案，不敢创纂。"作者不开口，淡淡隐去实情，读者"越觉得云烟渺茫之中，无限丘壑在焉"。"丘壑"一词，真是高明！

经历了秦可卿、秦鲸卿之死，宝玉成熟了不少。经历了母亲、父亲之亡，黛玉沉稳了不少。元妃省亲后，宝黛无视干扰，进入热恋状态。

经历了男欢与女爱，大观园里唯一的男子贾宝玉，给了男性诸多照拂，却又给了女性诸多温存。经历了多情与专一，女子的保护神、欣赏者贾宝玉，却又惊诧于女人婚前婚后的天壤之别——从"珍珠"到"鱼眼"。

借丫鬟春燕之口，《红楼梦》传达了贾宝玉的疑问："女孩儿未出嫁，是颗无价之宝珠；出了嫁，不知怎么就变出许多不好的毛病来，虽是颗珠子，却没有光彩宝色，是颗死珠了；再老了，更变的不是珠子，竟是鱼眼睛了。分明一个人，怎么变出三样来？"

从宝珠到死珠再到鱼眼睛，普通女人的"一咏三叹""一波三折"，确是匪夷所思的堕落——成渣，委顿——成泥。这样下垂的姿态，不知是中国女子太早放弃自己，还是现实这个"地心引力"太强。而黛玉、晴雯、金钏、柳五儿这样的女子属于"阳关三叠""梅花三弄"。正因为她们早夭于少女时代,耗尽了贾宝玉的热情,她们在贾宝玉那里才更是永不磨灭的珍珠,光泽越来越强,温度越来越高。

"天鹅被吃了,天鹅肉也会变成粪土。糖果被吃了,就只能剩下糖纸。"以前在哪本杂志上看到过这么一句话。在红楼情事中,这样的经验似乎不灵验,我们看不到天鹅变粪土,糖果剩糖纸,看到的是一直高傲的天鹅和始终甜蜜的糖果。也许,因为热恋中就已失去恋人,岁月反而深刻了那些年少轻狂。也许,恋人失去后才开始热恋,回忆反而成就了那些刻骨铭心。

哀,莫大于心死。心死,从爱开始。

坏口碑，好人缘

年轻时，渴望了解真相，以至于一度把真相等同于真理。年长了，开始回避真相，忽略真相，因为真相太难看太难堪。

晴雯：有本事的人未免调歪

有本事的人未免调歪。

美人的心里是不能安静的。

贾府女主人王夫人送给小人物晴雯的两句话。

晴雯似乎是贾母为贾宝玉选中的妾，长得又像林黛玉——贾母相中的宝玉妻，她的地位一度越过了袭人的次序，风头一度掩盖了袭人的光芒。王夫人整合资源，花袭人见风使舵，两个人合力非议和排挤晴雯。

王夫人的第一个观点是自己对贾母说的，第二个观点是袭人转告宝玉的。

王夫人撵出晴雯，必定编造晴雯的罪名，以便趁着贾母高兴替自己开脱:"老太太挑中的人原不错,只是他命里没造化,所以得了这个病。俗语又说:'女大十八变。'况且有本事的人,未免就有些调歪,老太太还有什么不曾经历过的?三年前我也就留心这件事,先只取中了他。我留心看了去,他虽色色比人强,只是不大沉重。若说沉重知大礼,莫若袭人第一。"

对于王夫人的"歪理邪说",被儿媳妇定性为"有经历"的贾母不能和儿媳妇吵架,做"没经历"的事,表面同意王夫人的说法,却依然坚持别的丫鬟都不及晴雯,只有晴雯还可以给宝玉使唤,自言自语说晴雯怎么变了。没有"经历"、年轻气盛的贾宝玉就不如贾母的智慧和涵养,他没有委婉曲折,不会隐忍不发,直接质问疑似告密者花袭人,反驳既得利益者花袭人。

袭人解释晴雯所犯的"弥天大罪":"太太只嫌她生的太好了,未免轻狂些。太太是深知这样美人似的人,心里是不能安静的,所以很嫌她。像我们这粗粗笨笨的倒好。"贾宝玉反驳:"美人似的,心里就不安静么?你哪里知道,古来美人安静的多着呢。"

贾母说晴雯变了,是确信晴雯没变。贾宝玉说古来美人多安静,是说今天的美人也是安静的。在贾母和贾宝玉的心里,林黛玉和晴雯都是安静的美人,有本事的能人,单纯爽利的正经人,不会得"痨病"的有造化的人。

贾宝玉的配偶,宝二奶奶的人选,一直是贾母和王夫人两大势力集团较量的热点和焦点。关于"贤妻美妾"的标准,王夫人的是"性情和顺""举止沉重",粗粗笨笨的倒好,薛宝钗和花袭人当然是不二人选,贾母看中的则是模样、性格、言谈和针线,"不管他根基富贵",林黛玉和晴雯是合适人选。简言之,贾母看重模样和能力,王夫人信奉听话的和粗笨的。

"木秀于林,风必摧之。"在王夫人特殊的"价值观"和"道德观"

的指引下，晴雯的美丽和优秀引来了强劲的摧毁之风。王夫人所说"调歪"的人直指有本事的人，花袭人心里"不能安静"的人暗讽不安分的人。王夫人和花袭人们的理论和实践，确实让美人林黛玉和晴雯不能安静，只能调歪。优秀的人必然优越，美丽的人定然自负，林黛玉和晴雯的内心"呼呼生风"，这风和外界的风内外交锋，如刀似剑。因此，林黛玉孤标傲世，只能"莫怨东风当自嗟"，晴雯"花原自怯"，最终"岂奈狂飙"。

晴雯，美在水蛇腰和削肩膀，能力在针线活，忠心在"病补雀金裘"，调歪在骂人，率真在撕扇。这样的人物，里里外外，上上下下赞美她，"敌方"的诋毁和谎言也没能掩盖她的美丽和本事。

遇到了热衷做妾的袭人，晴雯的生活还算安静，而妾的位置贾母"钦定"给了晴雯，这才是晴雯悲剧的根源。已经妨碍了袭人，阻挠了别人，晴雯却无知无觉，照样快乐着自己的快乐，美丽着自己的美丽，因此，"狐狸精"和"病西施"成了美女晴雯的代名词，晴雯的美丽成了"调歪"和不安分不安静的有力证据。这样的晴雯，在王夫人嘴里怎能安静下来。

晴雯这块"砖"引出了林黛玉这块"玉"。

林黛玉的眉眼是含蓄的、婉约的，她的美丽自然也是含蓄的、婉约的。要想知道她美丽到什么程度，看看薛蟠和鸟儿的表现即可。人间"兽类"薛蟠远远看到林黛玉，一下子酥倒。柳枝花朵上的"飞禽"见林黛玉哭了，都飞起远避，不忍再听。原来这林黛玉"秉绝代之姿容，具稀世之俊美"，那真是绝代佳人，和一等美女晴雯交相辉映。

林黛玉身处"金玉良缘"的漩涡，虽有外祖母的支持、舅舅的认同和恋人的痴心，依然感觉"风刀霜剑严相逼"。她的美丽和才能，不屑与奋争，引得所有的人都来诬陷她，就连她的"友方"遇事也会往她身上一推了之，上包括疼爱她的贾母，下包括深爱她的贾宝玉。这样的林黛

110

玉，在王夫人眼里怎能不"调歪"。

贾母喜欢美女，我也喜欢美女。美女是天赐给众生的恩惠，养眼、养心，甚至养生。王夫人对美女则采取严加防范、诽谤诅咒的态度和措施。那么美丽、健康的晴雯都要被她诅咒为"痨病"，体弱多病的林黛玉就必是"痨病"的前兆了。

"古来美人安静的多着呢。"贾宝玉说得真好，被指为"红颜祸水"的美女总算有了"蓝颜知己"。今天的美女已经删除了"安静"的条目，不再与"和顺"纠结，她们张扬的就是自己的美丽，炫耀的就是自己的才干。有多美就多美，有多能就多能。安静也好，不安静也好，谁还会说她们"调歪"呢？

多姑娘：人缘竟然极好

注意到"多姑娘"，纯属巧合，她本不在我的"审美"之内，也不在我的"审丑"之列。

且别管我的什么"审美""审丑"了，看看"多姑娘"到底"多"什么吧。

这次，曹雪芹先生一反常态，不再草蛇灰线，伏脉千里。这回，《红楼梦》一意孤行，不再"不写之写"，"书外之书"。作者不给我们想象空间，文本不给我们争辩时间，就那么直截了当地对读者说：多姑娘，多男友。

看过原著那段话，我对曹公由喜欢迅疾升华到敬服。何谓美轮美奂，《红楼梦》里俯拾皆是。何谓鬼斧神工，你马上就会看到。

"那贾琏，只离了凤姐便要寻事。"正当贾琏独寝难熬，荣国府内"一个极不成材破烂酒头厨子"多官儿出现了。多官儿，因懦弱无能，被唤作"多浑虫"，他的媳妇因有几分人才，却是见者无不羡爱。这夫妻俩也是"绝配"：媳妇妖调异常，轻狂无比，众人都叫他"多姑娘儿"，丈夫又不理论，只要有酒有肉有钱就诸事不管了，所以"荣宁二府之人，都得入手"。

贾琏"往日也曾见过这媳妇，失过魂魄，只是内惧娇妻，外惧娈宠，不曾得手"，那多姑娘儿"也久有意于贾琏，只恨没空儿"。如今，贾琏挪到外书房来，她便没事也要走三四趟（一说"两趟"）。贾琏似饥鼠一般，"少不得和心腹的小厮们计议，合同遮掩谋求，多以金帛相许"，小厮们"焉有不允之理"，况都和这媳妇是好友（一说"旧交"），一说便成。

在贾琏跟前，多姑娘到底走了两趟还是三四趟？"乱花渐欲迷人眼"，先别被考证转移了注意力。"今闻贾琏挪在外书房来，她便没事也要走三四趟"，看到这句就够了——直奔主题。对多姑娘来说，多走几趟就能"招惹"到贾琏，值得。你看，贾琏也是讲究人，果真许以金帛。

宁荣两府的小厮们，到底是多姑娘的好友还是旧交？"浅草才能没马蹄"，先别被考据影响了判断力。"荣宁二府之人，都得入手""况都和这媳妇是好友"，看到这两句就好了——直指人心。多姑娘人缘太好，不仅荣国府的小厮是她的好友，宁国府的小厮也无一例外。你看，小厮们也都是讲究人，果真愿意为多姑娘牵线。

多姑娘一旦和贾琏成其好事，"格调"立刻上来了。旧交是宁荣二府的小厮，新友却是荣国府的正牌主子，年轻漂亮、风流倜傥着呢。

贾琏和多姑娘成其好事，克制的作者就写了一次。但，"好事"绝非一次，因为书中明确说"自此后，遂成相契。"晴雯死前，多姑娘还有机会一亲宝玉"芳泽"，那个"造化"就更大了。

宁国府荣国府，说的是"善"，行的是"善"，容不下晴雯那样撕"扇"的，多姑娘那号的却吃得开。你问我怎会那么不合时宜，联想到俏丫鬟晴雯呢？还真无法回避，多姑娘是晴雯的表嫂啊。

《红楼梦》，多淑女才女，挤进一个"多姑娘"，活色又生香。多姑娘，戏份不多，运气却好，与她演对手戏的是贾琏和贾宝玉。只是，男人和男人有着云泥之别。

那时巧姐还叫大姐，出了水痘。为除痘，凤姐供奉痘疹娘娘，贾琏搬出来安歇，多姑娘的机会来了。贾琏与她苟合，称她就是"娘娘"。

晴雯被逐，病重于表哥家，贾宝玉前去探望，多姑娘的机会又来了。多姑娘紧紧地把宝玉搂入怀中，宝玉挣脱了多姑娘，弄得她好生惊诧：好模样的宝玉"竟是没药性的炮仗"。哈哈，多么简单的多姑娘：你若不"从"她，就是你"不行"。

男人与男人，云泥之别。女人与女人，天壤之别。

黛玉笑骂贾宝玉"银样镴枪头"，那是打情骂俏。多姑娘嘲弄宝玉"没药性的炮仗"，那是什么？宝玉真是惨淡，到底招谁惹谁了，惹得淑女、荡妇齐来"骂"——只不过淑女含蓄，荡妇直爽。

"沧浪之水清兮，可以濯吾缨；沧浪之水浊兮，可以濯吾足。"与屈原对话的渔父，亦有超常的智慧。也许，宝玉就是这样的"渔翁"，黛玉是"清"的沧浪水，多姑娘是"浊"的沧浪水——人生无非一场历练，沉浮皆自由。

多姑娘，人缘却极好。

有人竟然赞美她反封建。我翻遍了全书，也找不到她"反封建"的依据。后来，终于听到他们说，她叫多姑娘，就是说明她出身苦，苦出身，家里女孩生得多，所以爹娘觉得她"多余"。呵呵，"多姑娘"这个"美名"，是因为出嫁后十分轻狂才得到的好不好。

有人竟然赞美她追求自由。我再次翻遍全书，还是没寻到她"追求自由"的证据。后来，总算听到她们说，叫她多姑娘，就是说明她爱男人，男人爱她，那不是追求自由是什么？哈哈，如果多姑娘追求的叫自由，那潘金莲就是"自由女神"了。

这句话，我终于没有说出口，怕唐突了"自由"和"女神"。

黛玉的冰清玉洁与诗魂词魄，能引发伤感与美感，诸如"明媚鲜妍能几时，一朝漂泊难寻觅"的洞悉与表达，就和王国维"最是人间留不住，朱颜辞镜花辞树"的洞见与表现一致。在我眼里，黛玉恍若女屈原，是宁为玉碎不为瓦全的女诗人。只是屈原投了汨罗江，黛玉却以落花自比，认为投入水中亦无法保持洁净。

对于凤姐和平儿的关系，兴儿说："天下逃不出一个理字去。"对"多姑娘"，哪里又有理可讲啊。

龄官：各人得各人的眼泪

宝玉以"爱博而心劳"著称，自以为能赢得天下所有女子的芳心和眼泪，但贾蔷对爱的心无旁骛，龄官对爱的全心投入，引发了宝玉关于爱河情海的觉悟，原来爱是"各人各得眼泪"，是"任凭弱水三千，我只取一瓢饮"，是"一把钥匙开一把锁"。

贾蔷是个声名狼藉的青年，生存环境暧昧肮脏，他和贾珍父子俩沆瀣一气，似乎也和秦可卿有染，因此有人怀疑焦大的污言秽语是针对他的。在学堂里打群架，帮助凤姐往死里整贾瑞，都是他的"杰作"。就是这个斗鸡走狗、赏花玩柳的花花公子却觉悟了、蜕变了，变成了一个心无旁骛、忠于爱情的男子。小旦龄官是梨香院的十二个女孩子之一，为人孤傲，身材窈窕，她的戏唱得最好，就连元妃都异常喜欢，交代家人不可难为了她。

因为和龄官相恋，贾蔷完成了自己的蜕变，同时也引发了宝玉的觉悟，从此博爱的宝玉变得专情，他躁动的内心逐渐宁静。他的心里安放着黛玉和袭人，安放着长相守的希望，别的女子已经很难出现在他的"太虚幻境"里。

一天，百无聊赖的宝玉到梨香院来听龄官唱《牡丹亭》。龄官见宝玉进来，"文风不动"，借口嗓子哑了，说："前儿娘娘传进我们去，我还没有唱呢。"一向和女孩子玩闹惯了，一向被女孩子趋奉惯了的宝玉，从没被人如此嫌弃，从没受过如此冷落，只好红着脸讪讪地走出来。接下来，他看到龄官和贾蔷因为买来的雀儿怎么斗嘴，怎么斗气，而那斗嘴和斗气又是怎样的深情，怎样的专情，竟把宝玉弄"痴"了，站不住了，只剩下一心"裁夺盘算"。在"龄官画蔷"时，宝玉见过楚楚动人的龄官专注划地，只是不知何人何意，还以为是哪个傻丫头模仿黛玉葬花呢，现在才算真正领会了龄官花下画"蔷"的深意。

龄官一心在贾蔷身上，对宝玉不理不睬；贾蔷一心在龄官身上，连宝玉走了都顾不上送送。在这之前，宝玉"爱博而心劳"，以为自己是"情种"，每个女孩子都会爱恋他，每个女孩子都会为他流尽眼泪。今天，他才知道，每个女孩子都有自己痴恋的对象，那个对象可不是他。在爱的世界里，黛玉是他的，龄官是贾蔷的，黛玉来葬花，龄官去画蔷，这个世界就是如此分明，如此确定。

宝玉深悟人生情缘，各有分定，对黛玉和袭人长叹："昨夜说你们的眼泪单葬我，这就错了。我竟不能全得了。从此后只是各人各得眼泪罢了"。后来，黛玉香消玉殒，贾府的大厦倾倒，宝玉出家，多情的宝玉最终无情，从"情"变成了"不情"。

贾蔷的觉悟缘于一个唱戏的女子龄官，缘于一段荡气回肠的爱情。在爱情的浇灌下，在恋人的熏陶下，污泥里开出了洁净的莲花。蔷龄之爱，宝玉悟得"各人各得眼泪"。宝黛之爱，宝玉坚持"任凭弱水三千，我只取一瓢饮"。从滴滴眼泪到湍急河水，从湍急河水到一瓢饮水，从博爱到专一，从躁动到安宁，宝玉完成了自己的蜕变，自己的觉悟。

在成长的路上，在人生的路上，我们也会猛然觉悟，源于某个人，某件事，某句话。

小人物，大用途

峰回，路转。移步，换景。

正室、二房，大丫鬟、小丫头。就算她们走得再远，精神也仍然停留在"原地"——俏丽的丫鬟、轻佻的小姨子、粗笨的小丫头。

俏晴雯的"痨病"

贾府年轻女人的病，各不相同。未婚少女林黛玉自小就有不足之症，吃人参养荣丸，貌似健康结实的薛宝钗是热毒，得服用制作繁杂、原料珍稀的冷香丸。

服用人参养荣丸的林黛玉和服用冷香丸的薛宝钗身上都有香气。薛宝钗服用的冷香丸，由哥哥代为炮制，自然是冷香。林黛玉服用的人参养荣丸，由外祖母免费提供，自然是奇香。

薛宝钗和林黛玉身上的香气，均被英俊少年贾宝玉发现并欣赏，其他男人女人均不配享用钗黛的香气。

　　贾宝玉闻到薛宝钗身上的香气，薛宝钗自称是服用冷香丸引起的。体丰怯热的薛宝钗，大有杨贵妃之态之势，也有杨贵妃的香气。至于林黛玉的香气，她本人不知来自哪里，贾宝玉也是懵懂无知。也许像香妃一样，香气来自天然也未可知。

　　薛宝钗的冷香丸的炮制过程极为复杂，曾向周瑞家的做过详细介绍。冷香丸需用花儿粉儿的，而薛姨妈却说宝丫头最不爱花儿粉儿的。可见，不爱的东西有时却是你需要的，甚至是保你命的。

　　薛宝钗有个哥哥替自己炮制冷香丸，这让没有哥哥的林黛玉颇为幽怨。在和贾宝玉的口角中，林黛玉就流露出对薛宝钗的羡慕——我又没个兄弟替我炮制花儿粉儿的。林黛玉抱怨没有个哥哥炮制花儿粉儿的，有哥哥的薛宝钗却嘲弄自己没个兄弟可以做杨国忠的。薛宝钗和林黛玉的火气都发向贾宝玉，贾宝玉被骂也是甜蜜的，尴尬也是愿意的。

　　少女薛宝钗和林黛玉的病和香气连着，那是富贵、高雅的象征，柔弱、贞静的体现。

　　已婚的少奶奶王熙凤和秦可卿的病就不那么好听了，当然也就不那么好说了。秦可卿的病蹊跷，王熙凤的病含蓄。

　　《红楼梦》里，长篇累牍描写秦可卿的症状、家人的议论、大夫的药方，以至于刘心武先生从公公和儿媳的奸情里读出了政治事件，从寒门小户中破译出了落难公主。索隐，也过瘾。

　　要强的秦可卿，心思过多的秦可卿，迅速枯萎、凋落，远离了丑闻和罪恶。秦可卿的病暧昧到了让人不好意思议论的地步。也许，贾珍和可卿俩误把奸情当爱情了，或者，旁观者错把他俩的爱情当奸情了。

　　王熙凤的病应该是积劳成疾、无暇休养造成的，也是压力太大、逞能太多引发的。女强人王熙凤利用职务之便贪污受贿，后来东窗事发，据说这是她丧命的主要原因。也许，置她于死地的还有她的身体状况，那是恍若神仙妃子的女强人无法言说的脆弱、无法回避的失败。王熙凤的病委屈到了让人不忍责备的地步。

王熙凤和秦可卿分别是荣国府和宁国府的当家少奶奶，两人在权力和经济上秋波暗送，有望结成"秦晋之好"——荣宁经济共同体。秦可卿死了，还不忘托梦给王熙凤，交代她如何应对即将到来的变故和苦难。秦可卿死于疾病，其实掩饰的是她淫丧天香楼的丑闻。王熙凤的死说法不一，也许她的病最终误了卿卿性命。

王熙凤和秦可卿的病不足为外人道，林黛玉和薛宝钗的病人尽皆知。可以肯定的是，她们的病，无论高雅还是肮脏，无论严重还是偶犯，最后都会要了她们的命。薛宝钗的是喘，林黛玉的是嗽，秦可卿的快，王熙凤的慢。

还有无辜的俏晴雯，被王夫人诬陷得了"女儿痨"，贾母只能揣着明白装糊涂，任凭儿媳妇发落。曾经，病中的晴雯连夜为宝玉补好了雀金裘；后来，没病的晴雯遭遇了活生生的死。

欲加之罪，何患无辞。一个通用的"辞"就是：她有病。

还有林红玉和龄官的相思病。林红玉看上了贾芸，龄官爱上了贾蔷。贾芸、贾蔷就是再穷，也是公子哥儿，小红和龄官的爱情面临着门第的考验。如果跨不过这道坎，她们的病就难以治愈了。

让人敬畏的天命，让人无法释怀的疾病。

尤二姐的"美梦"

她，是外室，是"二奶"，是渴望嫁入豪门的灰姑娘，是被原配整死的"小三"。在音乐火爆、欲望火爆的大街上，我们依然能清晰地看到她的美丽身姿和并不高远的心胸。

宝玉、黛玉这样的少男少女一玩就是阳春白雪和风花雪月。而尤二姐，充满了世俗味和烟火气，和今天的价值观念更为契合，与现代的婚恋模式更为吻合。

尤二姐、尤三姐这对尤物，号称"红楼二尤"。她们就是红尘中最普通不过的那对姊妹，只不过更俊俏、更惨淡。不知是"自古红颜多薄命"的诅咒，还是某种命运的遗传，姊妹俩在婚恋上一片惨淡，血迹斑斑，风尘仆仆。

尤三姐性情刚烈，拔剑自刎，因为五年的痴恋，却得不到柳湘莲的爱意。尤三姐一死，柳湘莲悔恨莫及，只能绝尘而去。他和她的爱恋虽也以死亡和绝望收场，但与贾宝玉、林黛玉这对千古知音相比，却相形见绌——况味复杂，境遇无奈。

尤二姐和尤三姐是亲姊妹，却软弱得多，也世俗得多。尤二姐有当代女性的一些潜质，但在当时也只能做做短暂的美梦，很快就得面对惨烈的现实。

尤二姐的家世一般，姿色非凡，她把自己有限的资源用到了极致，极致的美丽用到了刀刃。嫁入豪门安享荣华富贵成了她原汁原味的理想，和原配平分秋色成了她无知无畏的追求。

她和姐夫贾珍打情骂俏，耳鬓厮磨，当然，姐姐尤氏并不是她一母同胞的亲姐姐。她接受姐夫的安排，做了贾珍兄弟贾琏的外室，明知道贾琏家里有个漂亮而强势的母夜叉妻子。

终于心想事成，如愿以偿。

她和贾琏的好事一经好事者公开，王熙凤把她接进豪门贾府，老祖宗贾母承认了她的合法性。她的肚子也争气，很快怀孕了，而且是个男胎，母凭子贵的日子就快来到了。要知道，王熙凤患有血崩之症，有了习惯性流产的征兆，贾琏至今还只有一个女儿巧姐，膝下没有儿子。

尤二姐的出现确实弥补了贾琏子息上的缺憾，软化了贾琏感情上的强硬。贾琏是那种永远不懂得爱的男人，但这种男人也简单、实在，他对尤二姐是娇惯的、信任的，把自己的私房钱一股脑儿都交给了尤二姐，也不计较尤二姐和姐夫的那些不尴不尬的过往。

尤二姐还是死了，自杀。她没保住儿子，丈夫也没保住她。她的死可以归咎于王熙凤的心狠手辣，可以归罪于贾府一干人的冷漠无情，可以归因于贾琏的不负责任，但是最终害死尤二姐的还是她自己——她的欲望、她的天真。

如果她不奢望嫁给贵公子，而去找个知冷知热的读书人；如果她不幻想嫁入豪门，而是嫁到知根知底的寒门；如果她不做梦妻妾和睦，一心想着被贾府这个大家庭接受……她也不至于惨死，且死得极为耻辱、极为痛苦。

退一步说，即便她委身于贾琏，如果她就在外面住着当贾琏的"二奶"，如果她不把贾琏给自己的钱拱手相送给凤姐，如果她还有一点保护胎儿的能力，她的人生必然重写，她的生命依然延续。

她最大的失败，是自信的天真。听不进左边的明说，不理会右边的暗示，也不了解自己的心意，以为那个风流韵事不断的男人爱她，以为小家庭的原配容她，以为大家族里的大人疼她。

有欲望的人再怀抱天真，那只能是飞蛾扑火，凤姐的出手自然干净利落——杀鸡焉用牛刀，犯罪不在现场。贾琏接触尤二姐，打的是"爱"的旗号。凤姐结果尤二姐，自然穿着"恨"的内衣。欲望，能让女人活生生地死去。

对待贾琏和凤姐两口子的"无孔不入"，那就只能让他们无"孔"可入。这样的尤二姐，才是真正的世俗，真正的有力。黛玉就永远不会和贾琏之流打交道，却是宝玉的绝对知己。尤二姐轻飘飘地去做凤姐的情敌，宝玉唯有同情她的遭遇。

尤二姐生不逢时，"小三"就是女性的事业。温和的女友语出惊人。

想想也是，从"小三"演变而来的夫人和能人大有人在。最终你是什么，你成了谁，归因于你怎么想、怎么做，取决于你的强弱和成败。

傻大姐的"作用"

傻大姐是谁？贾母的人。贾母身边的丫鬟你能想到的都有谁？鸳鸯和傻大姐。

你为何记住了傻大姐？是她发现了绣春囊，由此引发了抄检大观园——贾府大厦倾倒的关键点和转折处。是她对黛玉说宝二爷就要娶亲了，绝望的黛玉自此绝食——瞒得铁桶似的"调包计"却因傻大姐多嘴泄了密。

傻大姐之所以有"密"可"泄"，是因为她有些许"特权"：贾母喜欢她爽利便捷，出言可以发笑，便起名为"呆大姐""痴丫头"。贾母喜欢她，众人也就不去苛责，"这丫头也得了这个力，若贾母不唤他时，便入园内玩耍"。

好了，傻大姐进了大观园，"灾难片"上演了。她在园内掏促织，发现了一个五彩绣春囊。"敢是两个妖精打架？不然必是两口子相打"。傻大姐心底这样盘算，确实合乎"呆"的名字和"傻"的形象。

傻大姐正想把"物证"绣春囊拿去给贾母，不巧遇到了"尴尬人"邢夫人，不知怎么又落到了"木头人"王夫人手里。"现世宝"王善保家的向王夫人进了几句"奸谗"之言，明媚鲜妍的大观园便惨遭"抄检"。

绣春囊是谁的，我不关心；都抄捡了谁，我也不注意。我只是担心自己忽略了一个人、一件事。

抄检大观园前，贾琏屋里发生了一件"无中生有"的事。贾琏凤姐夫妻俩打通鸳鸯的关节，弄了贾母一大箱子东西，当了一千两银子。本以为"你知我知，天知地知"，但邢夫人却知道了，刁难贾琏也"迁挪"二百两银子给她中秋节用。还是平儿想起，贾母的东西送来的那天晚上，恰巧傻大姐的娘来送浆洗衣服，想必是小丫头们走漏了风声。凤姐却说自己的下属绝对不敢，可别委屈了她们。

这么看来，傻大姐的娘可不傻，她"看"出了"大箱子"的秘密，也"看"懂了贾琏夫妻俩的猫腻。在这种情况下，她是将自己的发现告诉女儿的好主子贾母，还是那位拿走了绣春囊的邢夫人？

再往前，怡红院里"无事生非"了一场。宝玉听闻父亲要检查他的功课，赶紧挑灯夜战，结果小丫头跑进来说"一个人从墙上跳下来了"，晴雯将计就计，顺势让宝玉装病，对贾母谎称宝玉吓着了。

不管是为了宝贝孙子的安全，还是为了整个家族的名誉，贾母都要严查"引奸引盗"的仆人。一开始，查到的是仆从之间的赌博。随着绣春囊的出现，变成了抄检大观园——不仅丫鬟们要查，就连小姐们也得查查了。此后，薛宝钗避嫌而去，几个丫鬟死的死散的散——"始作俑者"俏晴雯也被撵出了大观园。

这一场"抄检"，与其说是王夫人和邢夫人陪房的罪孽，不如说是贾母的默许。据理分析，贾琏、凤姐当了贾母一大箱子东西，贾母火眼金睛却不好明说，毕竟犯事的是她倚重的鸳鸯与凤姐。大胆设想，傻大姐和傻大姐的娘，都是贾母的耳目，因为傻大姐的"呆"，这娘俩到哪里都引不起人们的防范之心。

也许，傻大姐不仅仅是贾母的"耳目"，她还是贾母的"心腹"。贾府核心层的几个女人忙着"瞒消息"的时候，傻大姐哭哭啼啼地出现在黛玉面前，告诉了黛玉一个致命消息：宝二爷要娶宝姑娘。

"调包计"那么机密，为何能让一个"年方十四五岁""与贾母这边提水桶扫院子专作粗活的一个丫头"听到？为何这个丫头还有机会和做妾的袭人讨论宝钗婚后的称呼？为何珍珠姐姐——也是贾母的人——恶狠狠地打了她却还不交代她闭嘴？

也许一切所谓的"天意"都是"人为"。贾母深知，傻大姐那样无心的"暗示",足以夺去聪慧外孙女的一条命,足以搬去"二宝"婚姻上的绊脚石。贾母说过,宝玉和黛玉相比,她当然和宝玉更亲。

其实,黛玉的梦中已经出现了贾母和宝玉的"无情无义"。面对凤姐的"调包计",作者设计了黛玉的"梦",宝玉的"魇"。只是我仍然替宝玉捏把汗,他若清醒又能怎样?

作者是慈悲的,没去考验宝玉,于是让他在"傻"中迎娶了宝钗。贾母也是"慈悲"的,没让黛玉难堪,而是让她知"情"后自行了断。傻大姐也是"慈悲"的,替贾母当了"说客",也当了"刺客"——害死外孙女的不是贾母本人。

计是好计,设"计"者却忘了一点:上天有好生之德。我本想这么写,却突然想起黛玉已经香消玉殒。

保守"估计",即便傻大姐"一无知识",她这个"跑龙套的"也"意义非凡",引出了女一号黛玉和老旦贾母,她这条"小泥鳅"也"掀起了大浪",引发了贾府的"多米诺骨牌效应"。

"谣言和真相同样致命。"萨克雷在《名利场》里说这话时,比《红楼梦》的"风刀霜剑严相逼"晚了几十年。

第四辑　红楼·风骨

她们的哲学、隐喻与风月

人活着，需要哲学指引。由此，人们身上也便有了隐喻的光芒，觉悟的淡然。

如果说手持"风月宝鉴"的贾瑞们具有醒世意味，那么《红楼梦》的众多女子则超越了俗世，达到了哲学层面。

人生如梦，梦醒就好。正如弗吉尼亚·伍尔夫在小说《达洛卫夫人》中所写的那样：现在她不愿对世界上任何人说长道短。她感到自己非常年轻，却又难以形容地老迈。她像一把刀子，插入每件事物之中，同时又置身局外，袖手旁观。

她们的哲学

人活着，需要哲学指引，或多或少，而人身上，便有了哲学的光芒，或明或暗。这样的光芒，虽不足以照亮前路，但起码可以给自己一个说法，一个交代——与自己自觉和解，与世界必须和解。

贾府"四春"，一个儒家，一个法家，一个道家，一个佛家，姑且这样指代四位小姐吧。生者的年华，始终是哲学的年代。只有这样，才能在惨痛、混乱、无常中活下去，活下来。身处逆境中，濒临绝境时，知她无情有情？

　　元春、探春，积极有为，不同于迎春、惜春的消极无为。后宫里，元春贤德仁义，践行儒家的"修齐治平"；大观园，探春杀伐果断，有法家"定纷止争"的做派。吵吵闹闹时，迎春手捧《太上感应篇》，读的是道家的经典；纷纷扰扰后，惜春决意出家，青灯古殿读佛经。元春，最终"舍生取义"，探春，果真"趋利避害"；而迎春，人称"二木头"，惜春，人说太"孤介"。

　　元迎探惜，红颜的心到底有多高多远多深多痛？难道人的一生便是从入世到出家的觉悟过程？若有缘，道亦是家；若有幸，世亦为佛。

　　妙玉不是道姑，是尼姑，她在大观园的栊翠庵带发修行。王善保家的就对王夫人说过妙玉"现在西门外牟尼院住着"，妙玉也是因为"听见长安都中有观音遗迹并贝叶遗文"才"随了师父上来"。

　　妙玉的身份和信仰一目了然，黛玉就复杂些。

　　贾雨村做过黛玉的老师，当时黛玉还生活在扬州。冰清玉洁、孤标傲世的黛玉曾经有个市侩圆滑、虚伪自私的老师贾雨村，黛玉的父亲林如海亲自为贾雨村写了封推荐信，从此贾雨村走上了飞黄腾达之路。于是我们看到了贾雨村和门子主仆二人的"登龙术"和"厚黑学"，也看到了贾雨村的忘恩负义和道貌岸然。

　　香菱的父亲甄士隐，黛玉的老师贾雨村，一个将真事隐去，一个将假语留存，一个遁世而去，一个入世而来。真事与假语，有恩与忘恩，看破与痴迷，每人有每人的因缘，每人有每人的结果。

　　人生的意外很多，所以才新鲜。谁能想到黛玉的老师会是贾雨村？贾雨村，受着喜鹊的教育却长成了一只乌鸦。对黛玉来说，学生不一定重拾老师的"衣钵"，更不一定继承老师的"精神"。——牛粪里开出了芙蓉花。

母亲亡故后，黛玉初进荣国府。贾母问黛玉念什么书，黛玉的回答是："只刚念了《四书》。"黛玉又问姊妹们读何书，贾母没有正面回答，只说："读的是什么书，不过是认得两个字，不是睁眼的瞎子罢了！"这一句，有人认为贾母自谦，有人觉得她不重视女孩子的教育。也许，她说的是实话。从迎春、探春、惜春迥然不同的人生和人生哲学，就能略微感知姊妹几个所受教育的杂乱和参差。

黛玉读的《四书》，指《大学》《中庸》《论语》和《孟子》。毋庸置疑，都是儒家的经典。不过，黛玉的诗作透露的却是道家思想。她的三首咏菊诗，都具解读价值——出现了晋代诗人陶渊明。"一从陶令平章后，千古高风说到今"，"孤标傲世偕谁隐，一样花开为底迟"，是《咏菊》和《问菊》的句子。到了《梦菊》，陶渊明这个诗人和"庄周梦蝶"这个典故一起出现了："登仙非慕庄生蝶，忆旧还寻陶令盟。"

黛玉的佛家思想，表现在她和宝玉的"参禅"一事上。她的智慧，弄得宝玉竟然不敢承认自己"参禅"了。这场严肃的"参禅"行动，却由看戏开始。

宝钗点了一出《鲁智深醉闹五台山》，宝玉批评她"只好点这些戏"，说自己从来怕这些热闹。宝钗道："你白听了这几年的戏，哪里知道这出戏的好处，排场又好，辞藻更妙。"宝玉见宝钗说得这般好，便凑近来央告："好姐姐，念与我听听。"宝钗便念了起来，其中有"赤条条来去无牵挂"一句。宝玉听了，称赏不已，又赞宝钗无书不知。黛玉对他说："安静看戏罢，还没唱《山门》，你倒《妆疯》了。"说的湘云也笑了。

俗世中，小儿女的争风吃醋跃然纸上，小情侣的打情骂俏活色生香。显然，黛玉是知道这出戏的，湘云也懂得黛玉的弦外之音。散戏后，受到"刺激"的宝玉作偈"无可云证，是立足境"，黛玉看后说了句"无立足境，是方干净"——简直是六祖慧能对神秀了。宝钗娓娓道来慧能和神秀偈子的高下，完全忘了宝玉的难堪——看来宝钗还没说够。

其实，儒道释的内力，早就在历史中融合，集于黛玉一身也就毫不奇怪了。至于儒道释的戏份，早就在历史上写就了孰多孰少，个体不同也就不足为奇了。

黛玉在她的儒道释中挣扎，曹雪芹又何尝不是？迎春与惜春在她们的出世入世中沉浮，我们又何尝不是？

爱和自由，人之所以为人的重要元素。挣扎，是为了爱；沉浮，是为了自由。但愿沉浮皆自由，所失非所求。

她们的隐喻

《红楼梦》，充满了隐喻。你在书里看到了什么，就会在生活里发现什么；你想在现实里发现什么，就能在书中找到什么。现实不苍白，书本不单调，真是一种绝佳的契合，难得的合拍。

"原应叹息"，元春、迎春、探春、惜春第一个字的谐音。原应叹息的不仅仅是四个女子，还是四个不同的美梦。元春，那是荣华富贵的梦；迎春，那是妥协退让的梦；探春，那是泼辣进取的梦；惜春，那是孤绝决裂的梦。

元春告诉我们荣华富贵到底变成了虚空，迎春告诉我们妥协退让也要付出生命的代价，探春告诉我们泼辣进取不一定能如愿以偿，惜春告诉我们孤绝决裂只剩下出家一条路。

"四春"是姊妹四个，如花似玉，姹紫嫣红，是不同的人生、不同的梦境。贾宝玉的"绯闻女友"黛玉、宝钗和湘云，是人生不同的阶段、不同的心境。

黛玉应该是人自有智识以来的第一个阶段，青春时光。

那天，对于父母给他的设计，儿子说了句，我不给自己留后路。小伙子无意中的一句话引起了我的思考。不给自己后路的从来都是年轻人，黛玉身上具备这种素质。

黛玉对爱执着，对人生也投入。在大家的利益和宝黛钗的"三角恋"漩涡里，败得一塌糊涂。败了也就败了，看开，放下便可。但黛玉偏是宁为玉碎不为瓦全的主，宁愿选择"天尽头"的"香丘"。

不论你多么执着，多么努力，所有的爱情都会沦为"三角恋"。不论你多么淡泊，多么超然，所有的爱情都会被利益冲散。这是我读《红楼梦》得出的结论。作者这样的写法显然不是为了看点和卖点，而是真实的存在。人说，艺术高于生活，有时，生活大于或等于艺术。

如果黛玉隐喻的是青年时代，那么宝钗暗示的就应该是中年人。你看，她的处处心机，她的时时忍让，她的婚姻是家庭利益的载体，她对宝玉的那点爱被现实消磨殆尽，面目全非。此时，她的母亲需要她的安慰，她的哥哥需要她的挽救，她的嫂子欺负她，她的丈夫放弃她。而她所有的希望，便寄托在生养一个儿子上，这样，日子总算可以继续，即便她的丈夫不爱她，她的娘家不能容留她——续书给了她这样一个结局，含混地。

一片荒芜的尴尬，无法言说的艰辛，都在宝钗的身上和心里，她不敢像黛玉那样哭哭啼啼，率性而为，她一直小心翼翼，如履薄冰。繁复程序炮制出的"冷香丸"，压制的永远是她自己的欲望，成全的却都是别人。

而湘云，似乎就到了老年阶段了，那是很好的人生状态：无所用心，随遇而安，生活得不费力气，虽然父母双亡的她也要靠做针线活贴补生计。

经历了繁花似锦，烈火烹油，终于洗尽铅华，删繁就简，没心没肺的心境慢慢出现了。湘云不在儿女情长上下功夫，也不为家庭责任用心思，来就来了、去就去了，富就富了、穷就穷了，爱就爱了、恨就恨了。

林黛玉是树——木秀于林，风必摧之；薛宝钗是雪——虽曾铺天盖地，终于销声匿迹；史湘云是水——随波逐流，圆润自如。

青春期，黛玉那样的——宁为玉碎，不为瓦全。我们怜惜她到了偏爱的地步，是因为我们不会拥有她那样决裂的勇气。

人到中年，宝钗那样的——吃力，却不讨好。我们不爱她却尊重她，是因为我们害怕自己落入和她同样的境地。

夕阳红了，湘云那样的——拿得起，放得下。我们喜欢她的轻松也向往她的率真，是因为我们也渴望"第二春"。

老年生活，就是我们的第二春，那时的我们一定没有了决裂没有了决心，随心所欲和随波逐流注入了我们的气质和气魄。人说"曾经沧海难为水"，我们就是那曾经沧海的水！

她们的风月

贾琏见到香菱后，在媳妇面前赞不绝口。薛蟠见到黛玉，干脆一下子酥倒在那里。贾琏和薛蟠都是好色之徒，粗俗不堪的男子，黛玉和香菱都是诗性女子，来自姑苏的孤女。

贾琏，既能在媳妇生日那天与鲍二媳妇偷情，也会在女儿出痘期间与多姑娘偷欢，更敢在国孝家孝期间偷娶尤二姐为外室。他的审美实在不敢恭维，但他也是个有眼力的人，懂得"薛大傻子""玷辱"了香菱。就连粗俗的贾琏私下里都如此评价薛蟠，薛蟠的不堪完全可以想见。

当好色的男子见到别人家的美女会怎样？当然是风景那边独好。先从贾府里的一件恶性案件说起吧。

赵姨娘和贾环深恨王熙凤和贾宝玉，于是勾结马道婆用魔法对付那姐弟俩（也是叔嫂俩）。这种古老的手段，确实很见效，凤姐和宝玉几乎丧命，几近黄泉。"魇魔法叔嫂逢五鬼"说的就是这回事。唯乾坤朗朗、春和景明，方敢读此等恐怖文字。

人多谓探春对亲生母亲赵姨娘刻薄，不惜以种种理由替赵姨娘的罪行开脱。探春只认嫡母王夫人，也许是她的势利，但她不认亲生母亲绝对另有苦衷，只看看赵姨娘如何勾结宵小来对付自己的家人就可略知一二。

凤姐和宝玉命悬一线，贾府一片混乱，亲人们闻讯都来探望。此时，薛蟠在哪里？薛蟠在干啥？

"独有薛蟠更比诸人忙到十分去：又恐薛姨妈被人挤倒，又恐薛宝钗被人瞧见，又恐香菱被人臊皮，——知道贾珍等是在女人身上做功夫的，因此忙的不堪。忽一眼瞥见了林黛玉的风流婉转，已酥倒在那里。"这段描写，很多读者都没看到，程乙本没有，庚辰本才有。

有人认为这段描写关乎风月，过于污秽，玷污了黛玉，"不像薛蟠"，原因是薛蟠之流不懂欣赏黛玉这样的病美人、气质女。女友曾说过，下三滥的男人也喜欢气质美女，尤其是黛玉那样充满诗意和灵性的妙龄少女。当然，气质美女绝对不屑于薛蟠那样的粗鄙男子，也是毫无疑问的。

薛蟠确是好色的，是动物性的，他一张嘴不是"乌龟""大马猴"，就是"一个蚊子哼哼哼，两个苍蝇嗡嗡嗡"，即便再不懂欣赏黛玉这类美人，黛玉惊人的美对他的视觉也一定会造成刺激。

还有人说，薛姨妈跟宝钗、香菱在贾府住了那么久，老早混熟了，贾珍虽是很好色的一个人，但还不至于打宝钗和香菱的主意，何至于看到这两个人会动心？

说贾珍对混熟的人不会动心，我有些犯嘀咕：贾珍不就对混熟的尤二姐尤三姐动心了吗？对他的小姨子，他不仅动了心，甚至还想下手——之所以没得手，是因为被拒绝。

宝钗和香菱虽然在贾府住了那么久，但是不到一定的场合、不遇一定的时机，贾珍是见不到这些女眷的。别忘了，那个时代可是男女授受不亲的。

不仅宁国府的贾珍不易见到香菱，荣国府的贾琏也不易见到香菱。

按关系亲疏，贾琏较之贾珍，要和香菱近些。贾琏见到香菱，也是在"不防"之间。

贾元春才选凤藻宫后，凤姐、贾琏在家说话。凤姐忽然听见外间有人说话，便问是谁，平儿说是"姨太太打发香菱妹子来问我一句话"。其实香菱并没过来，平儿说谎为的是掩饰凤姐放高利贷收取利钱一事。"我方才见姨妈去，不防和一个年轻的小媳妇子撞了个对面，生得好齐整模样"。一提到香菱，贾琏来了神，"竟与薛大傻子作了房里的人，开了脸，越发出挑的标致了。那薛大傻子真玷辱了她"。

贾琏如此赞美香菱，凤姐是啥反应？你听她说："嗳！往苏杭走了一趟回来，也该见些世面了，还是这么眼馋肚饱的。你要爱她，不值什么，我拿平儿去换了她来如何？"接着，凤姐话锋突转，从貌似吃醋一下子转变为对香菱的同情，说那"薛老大也是'吃着碗里看着锅里'的"，而香菱为人行事温柔安静，"差不多的主子姑娘还跟不上她"。

对香菱，且不管贾琏是好色还是欣赏，凤姐是吃醋还是同情，这段也算得"说者有心，作者有意"了。作者借贾琏的眼和嘴，凸显了贾琏好色的嘴脸，更向读者交代了香菱的长相。回到庚辰本那段，薛蟠眼里的黛玉，难道不是异曲同工吗？

"两弯似蹙非蹙罥烟眉，一双似喜非喜含情目。态生两靥之愁，娇袭一身之病。泪光点点，娇喘微微。闲静时似娇花照水，行动处如弱柳扶风。"这里，作者突出的是黛玉的"态"，黛玉的相貌到底有多么俊美？看看旁观者薛蟠的反应就知道了，哪怕他是一个霸王、一个蠢货。

萝卜青菜，各有所爱。有人自爱程乙本，认为薛蟠不具备欣赏黛玉美的能力；我也坚持喜欢庚辰本里的薛蟠见黛玉一段，觉得那是侧写了黛玉的美。

薛蟠见黛玉这一段，无关风月。贾琏见香菱那一段，和风月无关。黛玉和香菱，如光风霁月，却反照着那本"风月宝鉴"。

花落去，燕归来

生活中有种种可能性，而在一切可能性中反映出来的只是自身存在的一种无法逃脱的不可能性。奥地利小说家卡夫卡如是说。

说到人生的可能和不可能，想起了袭人，我那些理直气壮的道德枷锁和自以为是的原则镣铐，一下子柔软脆弱起来。

那天，和朋友聊天，突然觉得袭人很伟大，不为别的，就因为她活了下来，不仅保全了性命，还赢得了幸福。而我，过去曾视她为奸佞小人，认为她不贞不洁不仁不义，先是以身相许给贾宝玉，接着出卖陷害了一群同事，最后改嫁蒋玉菡。

如果她不出卖，如果她不改嫁，如果她不以身相许，如果她不费尽心机，也许她就是另一个晴雯，另一个紫鹃，另一个鸳鸯，另一个平儿。背负着恶名的晴雯被驱逐出了那个热闹的世界，缅怀着黛玉的紫鹃苟活于那个冰凉的世界，以身殉主的鸳鸯放弃那个错乱的世界，听命于凤姐的平儿尽力缩小那个荒诞的世界。

爱就一个字，有人爱得满是罪恶，有人爱得尽是圣洁。在袭人那里，

134

爱是自私的，生存是残忍的。因为爱和生存，袭人的身上满是罪恶，她的心里满是计较。为了自己的生与活，袭人自然顾不上别人的死活了。为了自己的心与意，袭人必然要用上女人的心计了。

生存，始终是袭人的第一要务。活着，就是袭人的一切意义。

生存的变奏：袭人和贾宝玉、蒋玉菡的关系

"无可奈何花落去，似曾相识燕归来"，是袭人作为女人的经历。贾宝玉走了，蒋玉菡来了。

贾宝玉拂袖而去，他和袭人的故事无疾而终，为了那个死去的林妹妹出家了，和那个高贵魂灵一起私奔了。于是蒋玉菡成了袭人的"下家"，袭人成了贾宝玉的"朋友妻"。

贾宝玉的态度始终蹊跷。晴雯死后，他变得凄凄惨惨。林黛玉死后，他似乎疯疯癫癫。他一直善待袭人，却在有意无意地成全袭人和蒋玉菡，直至亲手将蒋玉菡的汗巾系到袭人腰上。

袭人必定痛恨贾宝玉，因为他撕毁了给她的承诺，葬送了她的名节。贾宝玉成全了别人，却难为了袭人，"好女不事二夫"是那个时代的价值观和道德观。

拒绝，是冷冰冰的，有时却是热辣辣的保护。贾宝玉的拒绝与回避，也许是因为真爱袭人，呵护袭人。也许，贾宝玉怕极了心爱女人的暴亡，放弃自己的女人只为她们能够在别人的屋檐下活下去。

那时，贾府已经危如累卵，危在旦夕。贾宝玉的离去，加速了贾府的颓败，却放了袭人一条生路，她只有侍妾的事实却从没有侍妾的名分。

曾经，我对袭人甚是苛刻，甚为鄙视，原因是她辖制贾宝玉，诋毁林黛玉，投靠薛宝钗，利用史湘云，左右王夫人，改嫁蒋玉菡，嫉妒俏晴雯。

因为有了这些"罪状"，我以为，贾宝玉必然会讨厌袭人，讨厌她貌似柔弱的暴戾，讨厌她装作忠心的告密。但是我又确实找不出贾宝玉讨厌袭人的明确事例。

在贾宝玉的眼里，只有林黛玉和袭人是可以同生共死的女人。在贾宝玉的嘴里，他只愿意为这两个女子出家当和尚。林黛玉是贾宝玉的恋人，和贾宝玉的亲厚程度也有不及袭人之处。比如，袭人是贾宝玉的第一个女人，和贾宝玉有着"初试云雨情"的交情。而袭人回家，贾宝玉却像个邻家男孩般"微服私访"，就连袭人的娘家人都看懂了宝玉的心意和袭人的实力。

高贵男人到女人的穷家陋巷去低调拜访、微服私访，必定给足了这个女人面子，弄懂了这个女人的心思。所以"情切切良宵花解语"在前，"意绵绵静日玉生香"在后。一个"情切切"，一个"意绵绵"，一个"花解语"，一个"玉生香"，贾宝玉的妻妾组合已见端倪，婚姻格局初现雏形。

一个女奴才爱上自己风流倜傥的男主子，得用去多少心机，引发多少心悸啊。袭人对贾宝玉，是真的起了占有之心，也拥有控制之力，间接地摧毁了贾宝玉的人生。

袭人是《红楼梦》里一个重要而复杂的丫鬟，是导致贾宝玉爱情失败、人生转折的关键人物，她才识一般却偏能媚主，长相平平却最会惑主。她是奴才，却有一个"妖精"似的名字——花袭人。这个名字是宝玉起的，来源于"花气袭人知昼暖"这句诗。很好听的名字，是她的真实写照，她确实对宝玉知冷知热，对实权派毕恭毕敬。

袭人只是一个丫鬟，但她似桂如兰，温柔和顺，是贾府里有名的贤人，很得人心，尤其是主子的心。贾府实权派对袭人的钟爱，以王夫人为最。王夫人一口一个"儿"地叫着袭人，称赞她比"宝玉强十倍"，眼里还含着热泪！希望贾宝玉被她长长远远地服侍一辈子，那还是在贾宝玉有造化的情况下！

当然也有骂声，也有质疑。晴雯就经常对袭人冷嘲热讽，嘲弄袭人干些鬼鬼祟祟的事，自称和贾宝玉是"我们"；林黛玉也看出了袭人和贾宝玉的暧昧，故意在玩笑中叫她"嫂子"；贾政对"袭人"这个名字也颇有微词，却也在王夫人的辩解下含混而过；李嬷嬷是宝玉的奶娘，曾经大骂袭人"妆狐媚子哄宝玉"。

贾宝玉和袭人关系非同一般，他对袭人好得异乎寻常，袭人的胆子也就大得异乎寻常。宝黛第一次相遇，袭人就介入宝黛之间，此后便一直是宝黛爱情的阻碍，虽然林黛玉从未拿她当回事，因为不是在同一条起跑线上竞争。袭人和贾宝玉"初试云雨情"，却暗示别人做了或将做出"不才"之事，绯闻让别人闹去。袭人的母亲接她回家喝年茶，贾宝玉偷偷地跟着去了，袭人竟然从贾宝玉项上取下"命根子"宝玉向她的家人卖弄。至于在贾宝玉跟前诋毁林黛玉，到王夫人身边搬弄是非，监控怡红院里的风吹草动，试探林黛玉的"布兵排阵"，那可真称得上一流的"胆略"。

至于袭人再嫁，一是造化竟然弄人，二是活人必然生存。我相信，以贾宝玉对袭人的"爱"，他必定支持她的选择，并且一定同情她的命运。

据说，有一天，贾宝玉乞讨到了袭人门上。四目相对，袭人口吐鲜血。这个结局好。命运总算给了袭人一个交代，解释了贾宝玉的无疾而终，稀释了袭人的委屈和愤恨。

婚姻里，袭人应该爱上了蒋玉菡，因为袭人的求生欲望和现实主义，还因为那从未经历过的安全感和被收留的满足感。至少不用担心竞争带来的命丧黄泉和莫名其妙的遗弃了。安全感大概成了袭人后半生的骄傲和依赖。就做戏子的女人吧，放下高贵的公子。

在新生的爱里，袭人会对蒋玉菡提起贾宝玉的挚爱吗？蒋玉菡会对袭人提起贾宝玉的成全吗？袭人给予蒋玉菡的也许只是恩情。恩情也是感情，林黛玉为报贾宝玉的灌溉之恩，不也产生了深刻的爱情吗？

也许，袭人从来就不爱蒋玉菡，无论他给予她什么样的疼惜和热情。而不爱，却使袭人彻底洁净起来。没有了爱，袭人也就没有了罪恶。

白茫茫大地真干净。此时的袭人，依然会经营好自己的婚姻，还婚姻以体面和美满。我相信，袭人绝对有这个能耐。

多年以后，有个因《红楼梦》而梦魇的女人说，一旦牵扯上爱，很多事就变成了罪恶。这个女人就是定居美国的张爱玲。

花落去，燕归来。无可奈何，似曾相识。

心事的虚化：袭人和紫鹃、晴雯的对比

红楼人物里，我最喜欢紫鹃。她那么平和，那么干净，从不想入非非，也不惹是生非，一直安分守己——有常见贾宝玉的便利，却无任何私情，始终安于本职工作——日夜服侍林黛玉，只有姊妹情怀。和她相比，晴雯尖利，袭人势利。

紫鹃的平和与干净，紫鹃对林黛玉的维护和爱惜，那么纯粹，那么忘我，竟然让我无话可说——除了敬服。

紫鹃，一个没有任何缺点的女孩，一个沉浸于药香书香的女孩，她的赤胆忠心让人忽略了她的容貌，她的宁静致远让人忘记了她的需求，她的清心寡欲让人想不起她的下落。

她的人生道路平淡无奇，从没有鸳鸯那样激烈的抗婚行为；她的奋斗目标若有若无，绝不会像袭人那样热衷于一个"妾"的位置；她的工作环境安静优雅，无需做周旋于贾琏之俗和凤姐之威的平儿。她不热衷于贾府这个名利场，她不处理复杂的社会事务，她不会为人际关系伤透脑筋，她就是一个忠诚的朋友，一个知心的姐妹，一个安分的下级。

她的心里只有林黛玉，伤感着林黛玉的寄人篱下，悲哀着林黛玉的

婚姻无着，心痛着林黛玉的爱情苦恼。她的身影只在潇湘馆里忙活，林黛玉生病时去向贾母汇报，就是她全部的社交生活；贾宝玉闹事时到怡红院安抚，就是她外面的世界。当然，也有鲁莽的时候，也有闯祸的时候，也有热情过火的时候，依然是为了林黛玉。紫鹃的赤胆忠心和热情鲁莽集中体现在《慧紫鹃情辞试莽玉　慈姨妈爱语慰痴颦》一回。

在贾宝玉和林黛玉的婚事上，紫鹃明知林黛玉孤立无援，便嘱咐林黛玉留神，收敛高傲，降下心性，结欢众人。林黛玉兰心蕙质，深感紫鹃的良苦用心，虽自知事必难成，也努力改变自己，赶着薛姨妈叫"娘"、宝钗叫"姐"。然而林黛玉的劣势已经注定，紫鹃看在眼里，急在心里，情急之下，不能不试试贾宝玉的情义深浅。

紫鹃是遗憾的，因为她没当成林黛玉的红娘，没能给林黛玉争来"宝二奶奶"的名分。这不是她的错，但她却为林黛玉虚化的心事伤心了。

名分成就人，自然也会约束人。命题作文，为你指明了方向，却限制了你的发挥。而名分，就像命题作文，现世安稳但空间逼仄，你头上戴着凤冠的同时，内心必定套着枷锁。

作为贾宝玉的妻子，薛宝钗为名分所困，只能死守在贾府里，袭人却不必为名分所累。在蒋玉菡那里，她轻巧地得到了妻的身份。此时的有头有脸有名有分，抵挡不住撕裂的疼痛，因为这个男人并不是那个男人。袭人是多么渴望从一而终，甚至不惜以身相许；袭人曾经有多么痴心又有多少痴处，竟到了卑鄙无耻的地步。

袭人向当时尚懵懂不知世事的贾宝玉投怀送抱，结果罪名却在晴雯，她倒成了贤人和善人。莫名其妙地，晴雯就被人夺了位子，丢了性命，闹出了绯闻和丑闻，枉担了恶名和虚名。

秋纹和晴雯友善，两个人曾一唱一和地挖苦想"上位"的袭人，有些专家却硬说秋纹和袭人是一伙的。秋纹是会骂人的女战士，只因为曾得到王夫人赠予的旧衣服，读者就非说她是平庸无能之辈。就如淡定和冷漠，虽然性质完全不同，却有同样的表情和动作，那就是没有表情和动作。看来，穿透假象，看明真相，真不容易。

晴雯家和袭人家，贾宝玉都去过。贾宝玉看望垂死的晴雯，晴雯说的都是悔不当初的抱怨话。他去花家拜访，袭人柔媚可喜里夹杂着心机和勇气。值得注意的是，晴雯家有一个卖弄风骚、不知自重的嫂子，袭人家却有端庄漂亮、穿着鲜艳的姨表妹，前者让他退避三舍，后者让他念念不忘。当袭人踏上蒋玉菡的花轿，袭人穿红着绿的姨表妹还会看中贾宝玉的"宝玉"吗？估计要专注地听蒋姐夫唱戏了。

袭人殷实殷勤的家庭是她制胜的资本，晴雯闹事斗气的资本是她的花容月貌。绝色美女的资本，上层委派的资历，使得晴雯惯于"横针不拈，竖线不动"，一次次失去机会和人心，一次次把自己置于危险的境地。袭人的姿态却是低的，动作也是软的，谋的都是自己的大事实事，没一句多余的话，没一步多走的路。林黛玉不肯多行一步路，多说一句话，是怕被人耻笑了去。袭人不肯多行一步路，多说一句话，是担心言多必失。

性格决定命运，真是越来越具体，越来越生动。从性格上来说，晴雯明朗，袭人奸佞。从命运上来说，晴雯可悲可叹，袭人可喜可贺。悲剧的晴雯"被秒杀"，是我们的痛楚和难堪；喜剧的袭人"被怜爱"，让人鄙夷的同时也令人心生羡慕。

卑鄙是卑鄙者的通行证，高尚是高尚者的墓志铭——经典如此，现实如此。

袭人似乎特别喜欢考验主人的真心。史湘云送她戒指，她就说戒指能值几个钱，看的是姑娘的真心。她本不舍得离开贾府，却谎称自己非回家不可，看看贾宝玉是否真心留她。

袭人妾的名分虽然尚未谋到，但是地位已然稳固。史湘云有感于宝黛之恋，终于"被情悟"，退出了角逐。薛宝钗和林黛玉，谁会是袭人未来的女主人？

薛宝钗积极入世，圆滑世故，林黛玉遁世出尘，寒塘鹤影。人多以为，胜出的必是薛宝钗。我从不这样认为。薛宝钗心性冷淡，又喜好空谈，写什么"好风凭借力，送我上青云"，说什么"为官作宰""仕途经济"。至于到达的途径，薛宝钗是茫然的，甚至是挫败的，她只是一心向前，不肯后退，直至最后演出了自己的悲剧。

林黛玉却能看透本质和世相，一语中的，直指核心："不是东风压倒西风，就是西风压倒东风。"这句话，后来被名人借用，传播更广。

林黛玉为何会冒出这样的"名言"？自然感谢袭人的试探。

第八十二回，贾宝玉上学去了，袭人一旦把自己定位为"偏房"，就不可避免地想多了。想到贾宝玉的为人，"却还拿得住"，再想到林黛玉是个"多心人"，拿着针不知戳到哪里去了。于是，她便把活计放下，到林黛玉那里探口风。

袭人渴望爱情和亲情，并且希望那是真心的、长远的。所以她对自己预期的一次婚姻，进行了多次试探。这次试探，林黛玉偶露峥嵘，袭人失望了，转而投向"金玉良缘"的阵营。此后，她步步为营，贾宝玉节节败退。

家庭里，无非妻妾；世上事，无非成败。有人演戏给你看，你可以不看；有人布局给你钻，你可以不钻。成王败寇，林黛玉以"放手"找到了解脱的境界和自由的世界。

曾经，我以为袭人只是和林黛玉不相契，所以干扰宝黛爱情和"木石前盟"，成全薛宝钗的"金玉良缘"。后来我才发现，袭人就连史湘云都嫉妒——她接受不了史湘云给贾宝玉梳头，当然也没放过薛宝钗——她到王夫人那里说东道西，尽管史湘云待她如同至亲姐妹，薛宝钗视她为妻妾最佳组合。

在薛宝钗的丰腴和林黛玉的婉约中，贾宝玉选择了林黛玉的弱，却遭遇"调包计";在林黛玉的泪水和史湘云的笑声中,贾宝玉选择了林黛玉的哭,林黛玉却泪尽而亡。

贾宝玉的梦中情人是"兼美",人生态度也是"兼美"。如果娶妻不能"兼美"——包装严实的完美淑女薛宝钗和根本不懂掩饰的娇俏才女林黛玉,你会选择谁做侍妾呢?

名分的拒绝:袭人和鸳鸯、平儿的比较

如果说晴雯最大的性格特点是满屋里"磨牙",惹事斗气,那么袭人最大的性格特点就是"磨人",满嘴仁义道德。然而贾宝玉愿意接受这种说教和管理。当晴雯还在为赌输了闹气,躺在床上一动不动的时候,袭人却一刻都没闲着,直至对贾宝玉"约法三章"。

从这方面来说,晴雯实在难和袭人一决高下,就连史湘云、薛宝钗都得甘拜下风。史湘云劝说贾宝玉和为官作宰的人多打交道,贾宝玉下了逐客令。薛宝钗教育贾宝玉多学仕途经济的学问,贾宝玉拔腿就走。袭人对贾宝玉要求很多,他却一一应承下来。明着,是贾宝玉选择贵族小姐喜结连理,暗中是袭人选择可以作为自己"盟友"的"上司"。

袭人有个痴处,服侍贾母,心里眼里就只有贾母,服侍贾宝玉,心里眼里就只有贾宝玉。"痴"是她的心,"势利"也是她的心。

哪颗心不是势利的?哪颗心又不是抗拒势利的?区别在于你是在舞台上还是在观众席里——舞台上又区分是主角还是跑龙套的,观众席里又有前排和末位的不同。对于"宝二奶奶"的人选,袭人眼活心动,不停观察"风向",不断变换"位置",经过了多次甄选——从史湘云到林黛玉再到薛宝钗。

猎取贾宝玉,史湘云、林黛玉何其高贵,却不得不"愿赌服输":贵族小姐没做到的,丫鬟袭人却做到了。

142

猎取男主子，鸳鸯、平儿何其聪慧，却不得不"退避三舍"，鸳鸯抗婚，平儿禁欲。

每个人都是别人的镜子，别人也是我们的镜子，而鸳鸯这面镜子正好反照着袭人。袭人谋取，鸳鸯拒绝。这两个女子志不同道不合，却是同等资历的好朋友。提起袭人的"谋"，我又一次无话可说，如同前面对紫鹃那样，却按捺不住自己先说鸳鸯"拒"的冲动。

看过一部外国电影，片名叫作《修女也疯狂》。联想到鸳鸯的"抗婚"，我禁不住"呵呵"起来："淑女也骂人"。一个"抗"字，可以想象出拒绝的压力有多强，得罪的风险有多大。

一向好脾气、好人缘的鸳鸯，为何要骂人？很简单，因为"鸳鸯女誓绝鸳鸯偶"。一个"誓"字，断绝了欲望的骚扰，也失去了生存的空间。

面对贾赦示爱，鸳鸯破口大骂，不仅骂当事人贾赦，而且骂所有的说客，包括她的哥哥嫂子，甚至贾赦那位"贤德"的邢夫人——是她忙着为丈夫纳妾。因为拒绝贾赦的求婚，鸳鸯的朋友也不是朋友了，同事也不是同事了。

我早写过，鸳鸯有世界名模的范儿。她削肩蜂腰，身材极好，面上几点雀斑，美得那么真实。这样的女子，自然招致异性的喜爱和追逐。我也早写过，鸳鸯是善良的女子。她看到司棋和男友约会，不仅没有大肆声张，而且还替那对"鸳鸯"守口如瓶，甚至主动去开导司棋，好让她放宽心。

我曾说过，鸳鸯盛名之下其实难副。虽然叫鸳鸯，她却没有对贾宝玉、贾琏这样的俊美公子心生爱慕，她是唯一一个拒绝贾宝玉吃嘴上胭脂的丫鬟。因此，胡兰成夸赞她是最没奴性的女奴。我还曾说过，鸳鸯是最能拿得住权势的下属。她是贾母的贴身丫鬟，掌握着贾母多年的积蓄——可租可赁可偷可借，她却毫不动心；她还左右着贾母的喜怒哀乐——可哄可骗可引可导，她却从不进一句谗言。

尽管有贾母保护，决裂的鸳鸯依然走入了绝境：不出家就出嫁，不出嫁就自杀。有时，自上而下的保护会加剧被保护者的悲剧——无依无靠并不是最惨淡的。

贾赦无论如何不得人心，都是有市场的，这个市场不因他的胡子花白而失去，也不因他的人品恶劣而掉价。鸳鸯不嫁给他，他的思维模式来了个"非此即彼"——既然鸳鸯不嫁我，那就肯定喜欢我那些年轻貌美的子侄们。贾府的人自然也跟着贾赦的思维跑，跟着贾赦的眼睛看，跟着贾赦的嘴巴说，鸳鸯的处境可想而知。

曾几何时，贾宝玉粘着鸳鸯要吃她嘴上的胭脂，贾琏、凤姐夫妇缠着鸳鸯要借贾母的宝贝。待到鸳鸯绝境中期待他们一句话、一个眼神时，他们却全部装作看不见、听不到。还好，他们没有落井下石，虽然没有伸出援手。为此，鸳鸯要感谢他们。

鸳鸯拒绝"好事"，异于常人，更异于袭人。鸳鸯拒绝，并不因暗地里另有所爱，或者有能力另谋高就。她，其实只是要做自己。她拒绝的，似乎只是一个人，其实是一个社交圈、一种价值观。

亲密如袭人，友好如平儿，鸳鸯的大骂也让她们不舒服。袭人之流趋之若鹜的名分、平儿之辈亦步亦趋的路子，鸳鸯就在夹枪带棒的大骂里丢掉了，这让旁边看着、听着的袭人和平儿如何能不难受？

袭人的选择是迎合男主子，一方面恰到好处地以身相许，另一方面水到渠成地出卖了一批女同事。平儿的选择是迎合女主子，一是情愿向女主人凤姐效忠，二是甘心对男主人贾琏禁欲。

也许，袭人和平儿的选择没有错。趁着年轻，趁着貌美，满足男主子拈花，满足男主子惹草，自己好轻松过上富足的日子。也许，袭人和平儿极端恐惧紫鹃心事的虚化、鸳鸯拒绝的代价、晴雯厄运的萌芽，那是连林黛玉、贾宝玉、贾母都无能为力的挣扎。

平儿是"通房大丫头"，过了明路的侍妾，和凤姐妻妾关系看上去和谐，却以远避贾琏为前提，效忠凤姐为常态。贾赦看中了鸳鸯，意欲封为姨娘，被鸳鸯严词拒绝，后来以身殉主，成为因爱生恨的牺牲品。袭人名为贾宝玉房中的丫鬟，实是贾宝玉的妾，她的待遇和贾政的赵姨娘、周姨娘一样，她的工资也是姨娘的标准，不动官中的，从王夫人的工资里支取。

第三十六回，王夫人、薛姨妈和王熙凤举行"三方会谈"，讨论通过了袭人的有关问题，确定了袭人"屋里人"的身份。对袭人的"内部任命"，王夫人隐瞒了很久，没上报贾政同意，也没到贾母处"备案"。位高如贾政、权重如贾母，尚且蒙在鼓里，何况别人？当然，也算不得违规，因为仅仅是内部的讨论结果，这就给袭人今后的发展以更多的可能，留下更大的空间。

很多人辜负了他人的信任。贾宝玉、贾琏、王熙凤，都辜负了鸳鸯的信任。袭人不只辜负了贾宝玉对她的信任，也辜负了贾母对她的信任。"信任"，最终也绊倒了多情公子和精明的老太太。

"我们不讨好，我们只友好。我们不交易，我们讲交情。"为晴雯，为黛玉，为香菱，我多的是痛心。但对鸳鸯的"不"，我一直充满了敬佩——岁月流逝，我终于看懂了袭人迎合的代价。

你看，袭人的心头毕竟有了一根刺，那就是贾宝玉。这根刺，拔下来，痛；扎进去，也痛。因为他们曾经过于快乐过于甜蜜，因为他们曾经奢望博得个地久天长。

"上善若水，水善利万物而不争"，这是老子那句众所周知的名言。"夫唯不争，故无尤"，这是《道德经》里那句不太为人所知的期许。《红楼梦》里，女儿们都是水做的骨肉，是真是善是美，可依然没能做到"无尤"。

袭人、晴雯、紫鹃、鸳鸯是贾宝玉、林黛玉、贾母的贴身大丫鬟，有头有脸的人物，而贾宝玉、林黛玉、贾母又是《红楼梦》的明星级人物。出家与出嫁，生存与生活，生命与尊严，被她们演绎得淋漓尽致。

世事苍凉，容不得任性。心事终虚化的，不仅仅是林黛玉，还有圆润通达的薛宝钗。心事终虚化的，不仅仅是林黛玉情同姊妹的紫鹃，还有为宝黛传情递帕的晴雯。心事终虚化的，不仅仅是红楼梦中人，还有我们每一个人。

唏嘘，扼腕，为她们，为我们。

被动的人，被动地生

有奇缘的、没奇缘的，是仙葩的、是美玉的，如何心事终虚话？薛宝钗的"被结婚"、王熙凤的"被逊位"、晴雯的"被秒杀"、李纨的"被成功"，都是红楼梦中人的身不由己。

到了白茫茫大地真干净的时候，大观园不再是"伊甸园"。

薛宝钗：就这样"被结婚"

薛宝钗一出场，就和婚姻纠结在一起。她先以亲戚身份寄居贾府，等待宫中选秀女。落选之后，便在贾府开辟根据地，一时"金玉良缘"运筹帷幄，不料最后搬起石头砸了自己的脚——遭遇"被结婚"。

美丽的女孩都爱做梦，无论古今。小小年纪的薛宝钗梦中的人生伴侣是当今皇上，而非"天下无能第一，古今不肖无双"的贾宝玉。她给自己精心规划的人生道路清晰而敞阔——通过层层"选秀"，做一个像姨表姐元妃那样穿黄袍的女人。

寄居贾府，一开始只是权宜之计，"待选"才是真实目的——贾府的高门槛是薛宝钗的起跳板。后来，薛宝钗终于明白，所谓权宜之计，其实都是长久之计，你是逃不脱，避不了的。

"近因今上崇诗尚礼，征采才能，降不世出之隆恩，除聘选妃嫔外，凡仕宦名家之女，皆亲名达部，以备选为公主郡主入学陪侍，充为才人赞善之职。"皇上以"诗礼"为名，开展了大规模的"选秀"活动。薛宝钗和她的家人跃跃欲试——眼前道路无经纬，皮里春秋空黑黄。一句诗，足见她的深谙世相和清醒自知。

妃的日子，却不似常人眼中的美好，起码元春并不情愿。她含泪对父亲倾诉："田舍之家，虽齑粉布帛，终能聚天伦之乐；今虽富贵已极，骨肉各方，然终无意趣！"也许因了"围城"效应，薛宝钗和元妃的看法截然不同，"终无意趣"的皇宫生活吸引着她、诱惑着她、激励着她。宝姐姐安分的口碑下藏着不安分的心，沉静的骨子里流淌着不沉静的血。

言为心之声。薛宝钗和贾宝玉的两次对话，便泄漏出她对"妃"生活的憧憬和向往。

元春省亲时，贾宝玉叫薛宝钗"姐姐"，薛宝钗答："那上面穿黄袍的才是你的姐姐。"其潜台词就是，等我也穿了黄袍在上首坐着，你再喊姐姐也不迟啊！沉稳老练的薛宝钗心思表白得不留痕迹。

对于很多人而言，在哪儿跌倒就从哪里爬起来不是一件容易的事情。选秀失败后的宝钗，听到"妃"这个敏感字眼，就会怒发冲冠。贾宝玉曾和薛宝钗搭讪："怪不得他们拿姐姐比杨妃，原来也体丰怯热。"薛宝钗听说，脸红起来，冷笑两声，说："我倒像杨妃，只是没一个好哥哥好兄弟可以作得杨国忠的！"

薛宝钗是现实的，薛姨妈也懂得进退。既然不能高攀皇上身着黄袍，下嫁贾宝玉也是不错的一条路。于是"金玉良缘"开始运作，贾宝玉"被进入"薛宝钗的视野和心底。

薛姨妈答应了贾府的求婚，欲让薛宝钗和贾宝玉喜结"金玉良缘"，宝钗听说却"始则低头不语，后来便自垂泪"。后来实施"调包计"，薛宝钗冒充林黛玉和贾宝玉拜堂，导致贾宝玉更加疯傻，林黛玉含恨离世，她"心里只怨母亲办得糊涂，事已至此，不肯多言"。大家闺秀出嫁，却遮遮掩掩，弄得名不正言不顺，薛宝钗憋屈到极点。

如果说林黛玉结婚是为了爱情的延续，那么薛宝钗"被结婚"就是为了"仕途"中的职位。不要认为那个时代的女子没有"仕途"可走，贾元春就因表现出众而"才选凤藻宫"的，薛宝钗参加的"选秀"活动选拔的就是"才人赞善之职"。可见，婚姻便是女子的仕途，在家庭里的地位高低等同于自己的职务大小。

这个"被结婚"的女孩子自然是争议的焦点。有人说她野心勃勃，是实施"金玉良缘"的"女曹操"；有人赞她端庄稳重，是懂"仕途经济"的贤内助。喜欢她的，梦寐以求；诋毁她的，恨之入骨。其实，贾宝玉根本担当不起这起"金玉良缘"中的"玉"，那块"玉"更应该是象征皇权、实实在在的"玉玺"，而不是贾宝玉"衔玉而生"的"通灵宝玉"！

婚后的薛宝钗，满是抑郁和尴尬，任凭丈夫怀念初恋情人，冷落贤惠的自己，生命之光也是瞬间暗淡，终致香消玉殒。也许，我们可以感受到薛宝钗嫁给贾宝玉的巨大委屈和悲哀——隔着漫长的二百多年。

续书安排薛宝钗冒闺蜜之名嫁给淡泊名利的贾宝玉，完全有负薛宝钗的最高目标和终极追求。但这事也说不上不靠谱，闺蜜之间确实容易发生"姊妹易嫁"现象。还好，高鹗前辈总算体会到了薛宝钗的失落和失败——和元妃相比，薛宝钗缺的不是实力，而是运气！

王熙凤：就这样"被逊位"

在绯闻事件中，女人很难占上风。"小三"被人指责，原配忍痛做恩爱状。

男人出轨，和妻子的容貌、修养无关。不是说娶了丑妻的男子就会越轨，坐拥俊妻的男子就会忠诚。君不见，自古好男无好妻，丑妻也是自家的宝。红颜之所以薄命，不能一世恩爱，有的因软弱无能，有的却因强势能干；有的被强加"祸水"头衔，有的却自认美丽便是横行天下的通行证。

中国最惯常的婚姻模式一直是男子优于女子，这样的模式容易为社会和舆论所接受，婚姻比较稳定。女子比男子优秀，必然导致心理学上的"家庭软现实"，男性心理往往失衡，容易出现婚外情。

贾琏偷腥，就和王熙凤的能力、权力有关。凤姐是那时的"白骨精"——白领、骨干、精英；凤姐也是贾府的一姐——能力强不说，权力也不弱；凤姐更有李银河所说的女人味——年轻、漂亮，有进攻性和领导欲。

这样优秀而权威的女人却拴不住自家男人的心，贾琏学不会为自己优秀的妻子骄傲，也许因为压抑和自卑，货真价实的偷情事件不断发生。放到今天，贾琏会是娱乐事件的制造者，不断出现在娱乐新闻的头条。

贾琏的"小三"尤二姐温良恭俭让，动人之处是逆来顺受；秋桐泼辣新鲜，是一锅诱人的"麻辣烫"。外室尤二姐的温柔、小妾秋桐的无知和凤姐的强势霸道、假模假样不同，引得贾琏竟折腰。平儿是贾琏过了明路的侍妾，天天放在家里。凤姐看得紧、平儿脸皮薄，贾琏总不能得手。正因为如此，贾琏总是抓住机会找平儿调情。

这不，鲍二媳妇主动送上门来。鲍妻犯了所有偷情人的通病，竟然在贾琏面前非议凤姐，还独奏着取而代之的狂想曲。凤姐聪明，大闹了一场，搞得贾府上上下下人尽皆知。婚外情见光就死，情敌也是见光就死，脸都掉到地上捡不起来了，哪还有脸活在世上。有的女人，因为爱丈夫愿意"被出轨"。鲍妻的越轨，不是被逼无奈，也不是为丈夫的发展着想，纯属女人的虚荣和放纵。

也有爱闻新人笑，愿看旧人哭的主。"糟糠之妻"一旦"下堂"，女人就是再心有不甘，也只能把自己培养栽种的成功男人移交给新妇。此时，成功男士像成熟的西瓜，水灵灵、沙澄澄地，吸引着异性和公众的眼球。原配则如贾宝玉所说的女人，从珍珠变成了死鱼眼珠，彻底消失在公众和异性的视线外。"只见新人笑，不闻旧人哭"的不仅有负心的丈夫，还有宽容的公众。

民妇秦香莲敢于状告身为"小三"的公主和已为驸马的亲夫陈世美，赢得了权贵和公众的支持，那真是异样的勇气和运气。其时，陈世美和公主的"新式"爱情和婚姻，正作为政界佳话，铺天盖地而来。

鉴于古今原配的大不易，鉴于"逊位"的悲剧，原配面对"小三"时必然势如泼妇，甚至是杀人凶手。凤姐用计害死了尤二姐，顺带打击了秋桐，轻巧地让鲍妻上吊自杀，保住了自己的喜剧——也只是一时的。

据说，贾琏后来就休了强势的凤姐，扶正了平儿。浪荡公子的做法一下子大快人心，赞美和认同收得盆满钵满。贾琏和平儿成了佳话，凤姐自然为人唾弃，惨死在罪恶感和挫败感里。

李纨：就这样"被成功"

参加家长会，优秀学生的母亲应邀赐教。孩子的好成绩，有母亲的功劳，母亲的投入，耗费的是母亲的心血和时间。说到底，优秀孩子的母亲都在"陪读"——陪同孩子读书，和孩子同步学习。听了几位母亲的经验介绍，我才知道，原来成绩好的孩子背后，都有一个"头悬梁，锥刺股"的母亲。

李纨就是一位长期"陪读"的好母亲。

李纨是贾珠的妻子，贾府的长孙媳妇。生子贾兰，青春守寡，"居家处膏粱锦绣之中"，她"竟如槁木死灰一般，一概无见无闻，惟知侍亲养子，处处陪伴小姑子"。在繁华中落寞，在落寞中进取，李纨被迫写着自己的"进取"人生。

先说"侍亲"，李纨出身金陵名宦，教育世家，性格平和，与世无争，侍奉公婆中规中矩。再说"陪伴小姑子"，那是李纨枯燥生活中的一抹亮色。起起诗社，当当评委，搞搞活动，写写诗句，和女孩子们有说有笑，有写有评，生活因文艺而精彩。关于"养子"，那是李纨的自觉追求和最大成就。贾兰是"三好学生"，待人接物可圈可点，比年长辈长的贾宝玉更符合传统标准，更有发展空间。李纨的文化程度很高，经常帮儿子改诗，母子俩一起学习，孤灯黄卷也能兴趣盎然。贾兰不仅品德好、学习好，体育成绩也好，骑射功夫不错，曾在大观园里逐鹿。贾兰没有辜负母亲的付出，最终成为一盆茂兰，"爵禄高登"，"气昂昂头戴簪缨，光灿灿胸悬金印"。李纨母以子贵，"戴珠冠，披凤袄"，验证了太虚幻境中关于"凤冠霞帔的美人"的预言。

任何一位儿子都要金榜题名，任何一位母亲都要这种成功，但不是李纨的"被成功"。

因为是孤儿寡母，李纨和儿子只能"竹篱茅舍自甘心"，长孙媳妇管理家务的权力交付借调的王熙凤；因为是孤儿寡母，李纨和儿子只能"一概无见无闻"，贾宝玉的婚礼都没资格参加；因为是孤儿寡母，李纨和儿子只能"槁木死灰一般"，忍受贾府上上下下的冷落和所谓的"照顾"。为此，李纨躲避是非，回避危险，保持适中距离和平和心态，在家"带着兰儿静静地过日子"，对外做不"参政议政"的"菩萨"。

"桃李春风结子完，到头谁似一盆兰。如冰水好空相妒，枉与他人作笑谈。"李纨的判词对她实在不公，不管是成功还是"被成功"，李纨都是别人的笑料。不知为何，大家普遍认为她守寡一辈子，好不容易熬到被封诰命夫人，却离黄泉很近很近了，"昏惨惨黄泉路近"，只能充当别人的谈资和笑料。

不管是《红楼梦》的作者还是读者，对李纨的奋斗和成功似乎都有看法。曹雪芹说李纨是"枉与他人作笑谈"，"也只是虚名儿与后人钦敬"。读者受曹先生的影响，囿于固定思维和价值取向，对李纨和她的儿子贾兰也没有多少好感，甚至有点落井下石的意味。刘心武先生厌恶尤甚，大胆预言妙玉遇难时，母子俩自私自利，没有伸出援手。李纨"明哲保身"的行径当然不如"见义勇为"来得明朗、高尚，可是李纨为什么非要救人于水火之中？她又有什么能力救人于水火之中？

在孤独的煎熬和冷落的咬噬下，李纨对儿子的培养可谓费尽心血，孤注一掷。如果可以选择，她宁愿放弃"凤冠霞帔"，和丈夫"绣帐鸳衾"，哪怕像凤姐那样和情敌争风吃醋，和贾琏打打闹闹。如果可以选择，她宁愿儿子和"仕途经济"无缘，如贾宝玉般悠游自在，尽享家人仆人的宠爱。如果可以选择，她宁愿不写诗改诗，如凤姐般大权在握，每天和算盘银子打交道。

李纨"陪读"，儿子高中。凤姐不必"陪读"，女儿巧姐可以"无才便是德"。

今天的母亲"陪读"，男孩子要金榜题名，女孩子也要成为栋梁。"陪读"的母亲不能兼顾工作中的应酬，没心思打扮梳理自己，自然不如高管王熙凤风光耀眼，风情万种。为了孩子"被成功"的母亲，牺牲了自我，培养了下一代，却也成为招人非议的母亲，成为被人笑谈的母亲。

王熙凤和李纨不能"合而为一"，叱咤职场和徜徉学海不能完美结合，谁鱼谁熊掌？把自己打造成人物和打磨孩子成栋梁，谁鱼谁熊掌？

晴雯：就这样"被秒杀"

电脑游戏里，在极短的时间内把敌人或者怪物杀死，叫作"秒杀"。《红楼梦》里，晴雯的命运在几天内改变，一个被视为"妖精"的美丽女孩走向了残酷的死亡，在人生游戏中"被秒杀"。

晴雯之死，王夫人难辞其咎——晴雯的美丽是宗罪。

晴雯丧生，贾宝玉难辞其咎——晴雯是被他捧杀的。

晴雯，水蛇腰，削肩膀儿，葱管一样的长指甲，和林黛玉相似的眉眼。这样的相貌，用今天的眼光看，也是一流的美女，绝代的佳人。这样的人物，友方会捧杀她，敌方会棒杀她。

贾母喜欢她，评论起她来毫不吝啬溢美之词："晴雯那丫头我看她甚好，这些丫头的模样爽利言谈针线多不及她，将来只她还可以给宝玉使唤得。"王熙凤喜欢晴雯说话的"锋利尖酸"，也是网开一面："若论这些丫头来，共总比起来，都没晴雯长得好。"

贾母和凤姐眼里的美女，在王夫人看来却像妖精。贾母和凤姐欣赏的，正是王夫人诽谤的。王夫人看重"笨笨的"袭人和麝月，瞧不上晴雯的"轻狂样儿"，骂她是"病西施""妖精似的东西"。王善保家的向王夫人进谗言，说晴雯"仗着他的模样儿比别人标致些，又长了一张巧嘴，天天打扮得像个西施样子，在人跟前能说惯道，抓尖要强"。王夫人和仆妇不约而同地把晴雯比作"西施"，痛骂晴雯的伶俐和美丽，无意中却又不得不承认晴雯的伶俐和美丽。

喜欢她的赞美她长得漂亮，讨厌她的辱骂她长得漂亮。晴雯为自己辩解，"我虽生得比别人略好些，并没有私情蜜意勾引你怎样，如何一口死咬定了我是个狐狸精？我太不服"。临死，晴雯对宝玉抱怨，言谈里还在"肯定"自己的长相。

晴雯的漂亮，助长了她"满屋里就只是他磨牙"的性格。对上，晴

154

雯撒娇顶嘴；对下，晴雯非打即骂；对平级，晴雯冷嘲热讽。

人都说，"撕扇子作千金一笑"体现出晴雯的单纯可爱，实际上是她把上司贾宝玉缠得没法。端午节，贾宝玉心情不好，"偏生晴雯上来换衣服，不防又把扇子失了手跌在地下，将股子跌折"。宝玉骂了一句："蠢材，蠢材！将来怎么样？明日你自己当家立事，难道也是这么顾前不顾后的？"晴雯听了，不依不饶，直逼得贾宝玉主动求和，"你的性子越发惯娇了。早起就是跌了扇子，我不过说了那两句，你就说上那些话。说我也罢了，袭人好意来劝，你又括上她，你自己想想，该不该？"这还没完，宝玉继续讨好："你爱打就打，这些东西原不过是借人所用，你爱这样，我爱那样，各自性情不同。比如那扇子原是扇的，你要撕着玩也可以使得，只是不可生气时拿他出气。就如杯盘，原是盛东西的，你喜听那一声响，就故意的碎了也可以使得，只是别在生气时拿他出气。这就是爱物了。"解铃还须系铃人，既然是扇子惹的祸，就由扇子来"道歉"吧。

在晴雯与贾宝玉的摩擦中，贾宝玉以妥协求得和解。在晴雯与他人的冲突中，宝玉用欣赏的态度纵容处理。就这样，晴雯场场战斗都能取胜，从没有尝过失败是什么滋味。

秋纹得到王夫人的赏赐，晴雯教训她："呸！好没见世面的小蹄子！那是把好的给了人，挑剩下的才给你，你还充有脸呢！"虽然一针见血，却把锋利的矛头直指王夫人。对于袭人，晴雯的抨击更是不留情面。因袭人自称和宝玉是"我们"，晴雯冷笑道："我倒不知道，你们是谁？别叫我替你们害臊了！便是你们鬼鬼祟祟干的那事儿，也瞒不过我去，那里就称起我们来了。明公正道，连个姑娘还没挣上去呢，也不过和我似的，那里就称上我们了！"虽说是针对同事，但也没给上司贾宝玉留一点情面。还有打打坠儿，骂骂小红，和这个丫鬟的娘那个丫头的姥娘吵架，晴雯真是张扬到了极点，"嚣张"到了极致。

晴雯的针线活极好，曾有"病补雀金裘"的壮举。在贾宝玉的纵容下，晴雯却懒得"横针不拿，竖线不动"，指甲葱管一般长。晴雯生病，大夫为她把脉，"那大夫见这只手上有两根指甲，足有三寸长，尚有金凤花染得通红的痕迹，便忙回过头来。有一个老嬷嬷忙拿了一块手帕掩了"。长着这样一副指甲的女孩，自然被大夫误认为是小姐，并理所当然地享受小姐的待遇。这副用懒惰、娇惯养成的指甲，最后被晴雯剪下，送给了贾宝玉。

晴雯之所以"被秒杀"，贾宝玉罪责难逃——宝玉纵容晴雯，娇惯晴雯，导致晴雯气性太大，不懂韬光养晦，不懂低调做人。一旦出了怡红院，失去了贾宝玉的庇护，晴雯没有适应环境、接受现实的能力，更不懂得如何在逆境中生存，只有死路一条。

晴雯死了，贾宝玉心痛难忍，宁愿相信晴雯仙化而去，以此麻醉自己。早知今日，何必当初？贾宝玉，为什么不好好引导晴雯？为什么不对晴雯严加管教？爱，有时是枷锁，更是猎枪，能把最爱的人杀死。如果晴雯自己也能低调点、平和点，不逞一时的口舌之勇，也许不会进入猎人王夫人的视野，更不会被猎杀。

漂亮，本身就是一宗罪。漂亮的女子被男子宠爱，会引起猎杀。被溺爱的美人不知收敛或进退，只能"被秒杀"。晴雯如此，林黛玉如此。西施沉水，杨玉环自缢，都源于那招致"秒杀"的美丽和自负。

但愿，"梦"里发生的事，只是给我们提醒和警示，梦醒后，一切照旧——爱情，生命，生活——那才是恩赐。

何止于米，相期以茶

寒冬腊月，天寒地冻。不用上班的日子，我暗自揣摩得失成败与生死荣辱——那些我不愿意说别人也不愿意听的人与事。半梦半醒，先是闪过对世情极力暴露却对世人满怀慈悲的《金瓶梅》，接着出现的就是名为替闺阁女子立传实则须臾不离须眉宝玉的《红楼梦》。

只在敬心，不在虚名

晚上散步，从杏树下经过，绿叶已经成荫，青杏缀满枝头。宝玉与杏子的渊源浮现于我眼前，一时忘记了自己正置身于孩子们的欢叫声中和妇女们的广场舞里。

正是"柳垂金线，桃吐丹霞"的美好春季，宝玉联想到的却是几年后变得"乌发如银，红颜似缟"的岫烟。"惹祸"的是一株大杏树，宝玉深悔病了几天，竟把杏花辜负了："花已全落，叶稠阴翠，上面已结了豆子大小的许多小杏。"宝玉正看着杏子不舍，忽有一个雀儿飞来，落于枝上乱啼。宝玉又发了呆性，心下想道："这雀儿必定是杏花正开时他曾来过，今见无花空有子叶，故也乱啼。这声韵必是啼哭之声，可恨公冶长不在眼前，不能问他。但不知明年再发时，这个雀儿可还记得飞到这里来与杏花一会了？"

宝玉缘何联想到岫烟？岫烟订婚，已择了夫婿。在宝玉心里，"虽说是男女大事，不可不行，但未免又少了一个好女儿。"

宝玉因何生病？因为"慧紫鹃情试莽玉"。紫鹃为试探他的爱情，骗他说林妹妹要回苏州去，他一下子就疯癫了。

这不，病中的宝玉刚被湘云嘲笑过。湘云见宝玉过来，忙笑说："快把船打出去！他们是接林妹妹的。"宝玉红了脸，也笑道："人家的病，谁是好意的？你也形容着取笑儿！"怡红院开夜宴，湘云又指着"自行船"笑话黛玉："快坐上那船家去罢，别多话了。"

和恶作剧的湘云道别过，为刚订婚的岫烟伤心过，宝玉去瞧黛玉的路上，遇到了烧纸的藕官——黛玉的新丫头。

雨中，在蔷薇花架下画"蔷"的龄官，痴及局外的宝玉，那是贴旦龄官爱上了公子哥贾蔷。在山石后发出火光的藕官，让宝玉吃了一惊，宝玉尚不知小生藕官深爱过小旦药官。此时，戏班已经解散，药官已经死去，藕官被指派到潇湘馆。

情种藕官能到黛玉身边服务，也是生命的一抹亮色。你看，婆子训斥烧纸的藕官，藕官就很聪明，辩解说烧的是林姑娘写坏的字纸。

清明节，藕官无法对宝玉说起自己的伤心往事，委托分配到怡红院的芳官代为讲述。经过了芳官干娘洗头、吹汤等节外生枝，宝玉总算能安静地倾听藕官烧纸背后的故事了。

藕官和药官，不是姐妹情深的朋友，而是"假凤虚凰"的情侣，这是《红楼梦》中唯一的女"断袖"事例。用芳官的话说，那都是藕官的"胡闹"，"傻想头"，不只是两个女子之间的友谊。

藕官是小生，菂官是小旦，舞台上他俩扮作两口儿，唱戏时装亲热，一来二去，两个人就装糊涂了，倒像真夫妻了，竟是你疼我，我爱你。菂官一死，藕官哭得死去活来，到如今念念不忘，每节烧纸。后来，蕊官补上，二人复又如此。大家问藕官为何得了新的就把旧的忘了？藕官说不是忘了，比如人家男人死了女人，也有再娶的，只是不把死的丢过不提就是有情分了。

芳官说藕官"傻"，但却独合宝玉的呆性，他不觉"又喜又悲"，"称奇道绝"。这段话，显然已经为后来宝黛钗的"三角恋"做好了铺垫——黛玉死去，宝玉迎娶宝钗。那时，宝玉大概觉得自己和藕官一样，对故人是有情分的，因为他也没有把死的丢过不提。为黛玉守身如玉的宝玉，能出现在女读者的"梦"中，不在"理"上。

随后，宝玉请芳官郑重转告藕官："以后断不可烧纸，逢时按节，只备一炉香，一心虔诚，就能感应了。"宝玉犹嫌不够，赶紧"现身说法"："我那案上也只设着一个炉，我有心事，不论日期，时常焚香，随便新水新茶，就供一盏，或有鲜花鲜果，甚至荤腥素菜都可。只在敬心，不在虚名。"

她，需要的只是一炉香，一盏水。他，供奉的只是一碟果，一捧花。也许，就连这些都是多余的——有些爱，真的什么供奉都不需要。

爱者大苦恼，憎者小欢喜

曹雪芹先生曾借湘云和翠缕之口谈到阴阳论，借宝钗和岫烟之口说起配饰观，这次更借宝玉之口，给了我们一个简单易行的答案——只在敬心，不在虚名。这是宝玉的丧葬观、祭奠观，夹杂着死亡和生命的意象。

人物生平，最直观的是生年和卒年。出生是个点，死亡是个点，生死之间是一条线，有的长有的短，有的直有的弯。而芸芸众生，连这两个点都留不下来，生死之间甚至无法形成一条虚线。

祭奠，是生者对逝者生平的追思，也是生者对死者往生的祈愿，是跨越生死的亲情联结。对宝玉来说，祭奠是发自内心的，是一种心灵的释放、一种感情的表达。

金钏儿死了，他到井台上焚香缅怀；晴雯死了，他写了篇诔文祭奠。桃花落了，他想把落花撒到水池里，黛玉却坚持埋到花冢里。

黛玉葬花的行为艺术，引子是桃花；藕官烧纸的民间方式，引子是杏子。宝玉总是从女子那里得到领悟，比如从龄官那里懂得情缘各有分定，而植物的凋落又总给予宝玉深刻的启迪——生死存亡是他必须面对的现实。

"在我的眼下的宝玉，却看见他看见许多死亡；证成多所爱者，当大苦恼，因为世上，不幸人多。惟憎人者，幸灾乐祸，于一生中，得小欢喜，少有挂碍。"鲁迅先生在《集外集拾遗补编》中的这句话深得我心。细细想去，真的是爱者大苦恼，憎者小欢喜。

"我常常戏说，大观园中人死在八十回中的都是大有福分。如晴雯临死时，写得何等凄怆缠绵，令人掩卷不忍卒读；秦氏死得何等闪烁，令人疑虑猜详；尤二姐之死惨；尤三姐之死烈；金钏之死，惨而且烈。这些结局，真是圆满之至，无可遗憾，真可谓狮子搏兔一笔不苟的。在八十回中未死的人，便大大倒霉了，在后四十回中，被高氏写得牛鬼蛇神不堪之至。即如黛玉之死，也是不脱窠臼，一味肉麻而已。宝钗嫁后，也成为一个庸劣的中国妇人。钗黛尚且如此，其余诸人更不消说得了。"俞平伯先生的这段话，重在探讨《红楼梦》前八十回和后四十回的优劣。在这些文字的间隙里，我试图寻找宝玉的身影：宝玉，你是这些惨烈死亡的见证人、亲历者吗？

诚如鲁迅和俞平伯先生所言，宝玉确实看到了很多死亡。我发现，宝玉的"看"却不是亲眼所见，他对死亡，是感知，是知晓。他和死亡挨得很近，却隔着审美这个距离，隔着时空这个距离，作者不忍心他的男主人公亲历那些痛苦万状，更不忍心他的读者眼见宝玉苦痛万分——宝玉不在死亡现场。

尤二姐吞金、尤三姐自刎、金钏儿跳井、鸳鸯殉主，这样的"猝死"使她们留在宝玉记忆里的容颜依旧明媚鲜妍。秦可卿、贾母、凤姐、晴雯虽是病死，可那肉身也没到惨烈的地步。

亲戚秦氏姐弟之死、红楼二尤之死且不说，哥哥贾珠、姐姐元春之死也不提，挚爱黛玉之死是宝玉不得不面对的剧痛。

赋予生命，却又致命——多么痛的领悟。但是，又无需恐惧。如果说黛玉为的是质本洁来还洁去，那么宝玉最终看到的便是白茫茫大地真干净。"千红一哭，万艳同悲"的悲剧，注定了《红楼梦》和大团圆无缘。

宝玉黛玉祭奠别人

有些爱，总是要逝去的；有些人，总是要祭奠的。生离死别，用什么缅怀？阴阳两隔，怎样去祭奠？

晴雯死了，宝玉宁愿相信小丫鬟的胡说八道，把晴雯当作芙蓉女神来顶礼膜拜。一向不喜欢读书写字的宝玉写了一篇《芙蓉女儿诔》，前序后歌，洋洋洒洒。宝玉没能到晴雯的灵前祭奠，便来到芙蓉花前抒发自己的"凄惨酸楚"，诔文就挂在芙蓉枝上。

祭奠晴雯已经是《红楼梦》第七十八回发生的故事。第四十三回，宝玉已经有过一次祭奠活动。那次祭奠活动颇为神秘，所祭奠的人书中也没有明确交代。

九月初二是"头一社的正日子"，又是凤姐的生日，宝玉"遍体纯素"，一大早出了北门，与茗烟骑马到"冷清清的地方"，"一气跑了七八里路出来"，最后在人烟稀少的水仙庵焚香施礼。

（宝玉）便命茗烟捧着炉出至后园中，拣一块干净地方儿，竟拣不出。茗烟道："那井台儿上如何？"宝玉点头，一齐来至井台上，将炉放下。

茗烟站过一旁。宝玉掏出香来焚上，含泪施了半礼，回身命收了去。茗烟答应，且不收，忙爬下磕了几个头，口内祝道："我茗烟跟二爷这几年，二爷的心事，我没有不知道的，只有今儿这一祭祀没有告诉我，我也不敢问。只是这受祭的阴魂虽不知名姓，想来自然是那人间有一，天上无双，极聪明极俊雅的一位姐姐妹妹了。二爷心事不能出口，让我代祝：若芳魂有感，香魄多情，虽然阴阳间隔，既是知己之间，时常来望候二爷，未尝不可。你在阴间保佑二爷来生也变个女孩儿，和你们一处相伴，再不可又托生这须眉浊物了。"说毕，又磕几个头，才爬起来。

宝玉祭奠的人茗烟不知道是谁，读者也只能猜测，但祭奠对象必定是"人间有一，天上无双，极聪明极俊雅的一位姐姐妹妹"。有人认为宝玉祭奠的是金钏儿，因为祭奠是在井台上进行的，而金钏儿确实投井自杀了。当然，也有说是秦可卿的。

我认为，宝玉祭奠的应该是金钏儿，因为宝玉回家后曾对金钏儿的妹妹玉钏儿示好："你猜我往哪里去了？"

宝玉的两次祭奠，黛玉都有说法。宝玉的反应也不一样，一次发呆，一次脸红。

祭奠金钏儿，黛玉借《荆钗记》说事："这王十朋也不通的很，不管在那里祭一祭罢了，必定跑到江边上来作什么！俗话说，'睹物思人'，天下的水总归一源，不拘那里的水舀一碗看着哭去，也就尽情了。"黛玉对宝钗说的话弄得宝玉"发起呆"来。宝玉的行踪没有告诉别人，黛玉却猜到了，两人的精神如此贴近，难怪黛玉有葬花行为，宝玉就有祭奠活动。

祭奠晴雯，宝玉"衣冠整齐，奠仪周备"，读毕诔文，正依依不舍，却见个人影从芙蓉花里走出来。小丫鬟大叫："不好，有鬼！晴雯真来显魂了！"细看不是别人，却是黛玉，满面含笑，口内说道："好新奇的祭文！可与《曹娥碑》并传了。"听了黛玉的话，宝玉不觉"红了脸"。

随后，宝黛两人热烈地讨论给晴雯的祭文，宝玉改为"茜纱窗下。我本无缘；黄土陇中，卿何薄命"，"黛玉听了，陡然变色。虽有无限狐疑，外面却不肯露出，反连忙含笑点头称妙，并说：'果然改得好。再不必乱改了，快去干正经事罢……'"

黛玉本来冰雪聪明，女孩子的第六感觉又敏锐，她已经从宝玉的祭文里隐约看到了自己的结局，所以一反常态，不再和宝玉理论文章的好坏，也不在乎宝玉的话是否造次。黛玉感受到了某种命运的玄机，而此时宝玉的心里，却已经认定黛玉和袭人是可以"同死同归"的。

人这一辈子，说到底就是向死而生。如果能早早地了解死，也许会活得更好，比如更轻松，更明白，更自由，更自我，更勇敢，更真挚，最起码也会知道哪些值得珍惜，哪些必须放弃。

黛玉成为被祭奠的人

黛玉没能和宝玉"同死同归"，宝玉也没能和黛玉喜结良缘，"金玉良缘"最终代替了"木石姻缘"。黛玉魂归离恨天时，宝玉正举办结婚仪式。

结过婚的宝玉有很多顾忌，第一次前去潇湘馆哭祭黛玉，有一干人陪着，不能尽情，后来才趁宝钗过生日拉着袭人偷偷地前往。

袭人见他往前急走，只得赶上，见宝玉站着，似有所见，如有

163

所闻，便道："你听什么？"宝玉道："潇湘馆倒有人住么？"袭人道："大约没有人罢。"宝玉道："我明明听见有人在内啼哭，怎么没有人！"袭人道："你是疑心。素常你到这里，常听见林姑娘伤心，所以如今还是那样。"宝玉不信，还要听去。婆子们赶上说道："二爷快回去罢。天已晚了，别处我们还敢走走，只是这里路又隐僻，又听见人说这里林姑娘死后常听见有哭声，所以人都不敢走的。"宝玉袭人听说，都吃了一惊。宝玉道："可不是。"说着，便滴下泪来，说："林妹妹，林妹妹，好好儿的是我害了你了！你别怨我，只是父母做主，并不是我负心！"愈说愈痛，便大哭起来。袭人正在没法，只见秋纹带着些人赶来对袭人道："你好大胆，怎么领了二爷到这里来！老太太、太太他们打发人各处都找到了，刚才腰门上有人说是你同二爷到这里来了，唬得老太太、太太们了不得，骂着我，叫我带人赶来，还不快回去么！"宝玉犹自痛哭。袭人也不顾他哭，两个人拉着就走，一面替他拭眼泪，告诉他老太太着急。宝玉没法，只得回来。

曾经一起祭奠别人，一起讨论诔文的女孩子，就这么轻飘飘地消失了。金钏儿死了，宝玉跑大老远郑重地去焚香；晴雯死了，宝玉饱含深情沉痛地写下诔文。黛玉这样相知相爱的人死了，宝玉连哭都不能"尽兴""尽情"，更别提焚香祭拜，撰写祭文了。

"不拘哪里的水舀一碗看着哭去，也就尽情了。"黛玉的俏皮话还在宝玉的耳边回响，黛玉却成了被祭奠的人。其实宝玉大可不必去潇湘馆痛哭，惹得家人着急，妻子尴尬。也许有了自由身宝玉也写不出什么，做不出什么，因为那种痛楚无法言说，唯有大哭才能发泄自己的"凄惨酸楚"。

宝玉写不出诔文，也无处悬挂诔文。宝玉不给黛玉写祭文，写挽歌，也许正好吻合黛玉的心思。

"何止于米，相期以茶。"什么是米？什么是茶？米，米寿，八十八岁。茶，茶寿，一百零八岁。古往今来，又有几人得到了"米"与"茶"？

人，固有一死。有的以赴死的勇气求生，坚持"宁为玉碎不为瓦全"；有的反其道而行，坚持"好死不如赖活着"。黛玉，真的是宁为"玉"碎的女子，她在花花草草由人恋、生生死死遂人愿中完成了自己的升华。死亡，对黛玉来说，未尝不是一种圆满。

"侬今葬花人笑痴，他年葬侬知是谁？"葬花的黛玉，最终被谁埋葬？她是否找到了"香丘"？

她的冰清玉洁、诗魂词魄，是我们的"理想国"。她的爱情绝唱、生命挽歌，是我们的"滑铁卢"。小心眼、爱计较，不适合为友为妻，过多的功利阅读与世俗比较，伤害了她的形象。如果，你确实无法理解她的高洁与诗性，那就只管仰慕她，把她当成女诗人——女屈原。诗人屈原投了汨罗江。

其实，黛玉是不想做"屈原"的，她曾以落花自比，认为落花投入水中亦无法保持洁净。我读《红楼梦》的视角和别人不同，我看黛玉的眼光也和别人不一样，人们热衷议论的是她爱情婚姻的悲剧，我看重的却是她诗性人生的喜悦：她的诗作点亮了她的人生，那是光芒，更是锋芒。

"一朝春尽红颜老，花落人亡两不知！"枝空的岫烟，谁又知道她的结局？她是否做到了"子满"？

当年读《红楼梦》，用的是"唯美"读法，不关乎经济、政治，也不涉及风月、感情，只是看风景般看到了自己最喜欢的一个名字——邢岫烟。她生活的姿态那么低，以至于为她立传的作者不得不节省了笔墨纸张。她那么自甘寂静，以至于很多读者想不起大观园里曾经来过这么一位闲云野鹤般的寒门女子——浑身上下散发着哲学的神韵和魅力。

万物，各成其美。

他她，都在角色里。

第五辑　红楼·风尚

林花谢了春红

是什么让我如此寒冷，如此心痛？午夜梦回，林黛玉问自己。蛙鸣，蝉叫，依然那么静谧的夏。

"林花谢了春红"，正是林黛玉一生的象征。奈何天，伤怀日，那些寂寥穿过时光隧道，来到今朝。

夏夕

也是仲夏夜。大观园要举办消夏文艺晚会，贾母和凤姐忙得不亦乐乎，王夫人和邢夫人齐心合力，人手不够，还请来了尤氏帮忙。北静王和南安太妃等领导应邀出席，薛蟠、贾芸等男性亲戚和本家也破例进入大观园，和贾宝玉一起游园。

大观园一向是美女云集的地方，天下第一帅哥贾宝玉有幸沉迷温柔乡，繁华地。各色美女倾心相伴，林妹妹魂牵梦萦，贾宝玉做着和林黛玉生死与共的美梦，做着青春期男子的红楼美梦。

无事忙贾宝玉自然是高兴的，就连那呆霸王薛蟠也是高兴的。他终于盼到了再次见林妹妹的机会，那个他见了一次就"酥"在那里，从此念念不忘的绝世美女。薛蟠早就风闻了林黛玉和贾宝玉的恋情，也知回避林妹妹，因为她毕竟是他姨表弟的女朋友，但不知为什么，他的好奇心反而被这样的传闻激发起来，一心想征服林妹妹。直觉告诉他，可能有个故事正在大观园等着他，等着游园时来场惊梦。

不怪薛蟠如此幻想，妹妹薛宝钗和母亲在家就多次开玩笑，说什么如果能把林黛玉娶进家做薛蟠的媳妇就两全其美了。林黛玉嫁给薛蟠，实现哥哥迎娶美女的奢望。这样一来，贾宝玉就可迎娶薛宝钗，满足妹妹"金玉良缘"的夙愿。林黛玉如能嫁给薛蟠，所有的明争暗斗就能完美收场了，所有的人际纷争也会波澜不兴了。

薛蟠是自信的，男人不坏女人不爱，自己虽然粗枝大叶，但那个银样镶枪头贾宝玉根本就是中看不中用。在征服林黛玉的魅力上，薛蟠更适合广大美女的口味——阳刚、简单、狂野、随性。

小美女甄英莲当初为那个冯渊公子寻死觅活，现在不也情深深雨蒙蒙地顺从薛蟠了吗。就连薛蟠给她改过的名字香菱，她也欣然接受了。香菱痴心学诗，所拜老师就是那个才女林黛玉。

借由妹妹薛宝钗、侍妾香菱，薛蟠和林黛玉已有某种契合和联系。薛蟠在心底就这么一厢情愿着。

薛蟠应该是个帅小哥。电影电视把他塑造得丑陋不堪，令薛蟠颇为恼火。他的亲妹妹薛宝钗那么漂亮，他的堂兄弟薛蝌那么英俊，他的堂妹妹薛宝琴美到令贾母赞不绝口、爱不释手，他不英俊不漂亮不美丽才怪。

男女有别，姊妹不同。如果说，扑蝶是薛宝钗的行为艺术，抱梅是薛宝琴的行为艺术，那打人，无疑就成了薛蟠的"行为艺术"。

或英俊或丑陋的薛蟠自然有资本胡闹，打死冯渊就像没事人似的，对抢到手的香菱也是忽冷忽热，有一搭没一搭的。贾宝玉和薛蟠不是一路人，但因为同为富家子弟，又是姨表兄弟，两个人经常一起上学、玩乐，甚至一起去找风尘女子唱歌、喝酒。男人都需要同性朋友替自己掩饰作为男子的专利，兄弟自然是最信得过的。

林妹妹出现在仲夏夜，只穿着家常衣衫，却那么明媚闪亮。林黛玉心有所属，心里眼里都是贾宝玉。而贾宝玉从不在乎林妹妹穿啥戴啥，怎么样她都是一流的，都是最好的，所以林黛玉自为没必要再去吸引谁。

香汗淋漓，酒酣耳热。仲夏夜之夜，细雨蒙蒙。会饮酒的林黛玉，又一次当众命贾宝玉替自己代酒，把自己的酒杯都端到了贾宝玉的嘴边，哪管别人怎么想怎么看。贾宝玉高兴得一饮而尽，和林妹妹眉来眼去，更无暇顾及别人的羡慕嫉妒恨。

宴会一过，林黛玉独自回潇湘馆。南安太妃、北静王还在接见贾宝玉，加固家族间的政治，亦是感情。林黛玉躲开了，自从贾宝玉用蓑衣和念珠暗示她和北静王的某种缘分，她便觉和北静王见面毫无意义。林黛玉也不想和高贵的南安太妃聊家常。上次太妃莫名其妙地来到贾府，对她和探春、薛宝钗、史湘云几个女子审视了一番，弄得她心里直打鼓，唯恐被太妃看中了去。对贾宝玉，她是从一而终的，也是破釜沉舟的。好在，太妃似乎对她不太中意，虽然满口溢美之词。

细雨中，林黛玉走着，凉凉的雨丝打在飘逸的衣裙和酒后发烫的皮肤上，感觉如此美好，如此惬意。林黛玉沉浸在细雨中，流连在暗香里。

突然，一个声音响起："妹妹好！"林黛玉转头，但意识尚未回头。不是别人，是闺蜜加情敌薛宝钗的哥哥薛蟠。林黛玉并不讨厌这个男子，一来自己和薛宝钗关系不错，二来知道薛蟠和贾宝玉也很相契。看林黛玉风摆杨柳，袅袅婷婷，薛蟠很绅士地说："妹妹慢走。"接着，力邀林黛玉哪天到家里逛逛。林黛玉婉言谢绝，说自己到了。

春红

第二天，贾宝玉来看林黛玉，兴致勃勃地说昨天他又到探春妹妹那里去了，探春妹妹想请他帮忙再买些粗朴玩意儿。林黛玉听着，一言不发。贾宝玉眼望林黛玉，不敢造次，越发小心了。

在她心里，是不满贾宝玉昨晚的失约的，也不愿那个薛蟠难堪，更不想把好不容易才平静下来的生活复杂化。毕竟，大家都是亲戚，面子上无论如何磨不开。如果图一时痛快，把昨晚游园时邂逅薛蟠说出来，那所有的难堪都是自己的，所有的轻薄也都是自己的。你看，王夫人对自己总是时好时坏，薛姨妈的甜言蜜语也不知是真是假，贾母的极力偏袒更让人心酸。

"呵，我们不过是初次相逢。为何这样快乐如此纯粹，让人难以承受破碎。"多年后，一个名唤安妮宝贝的女作家描绘男女的急促相逢。远离人群、内心专注的女子，自顾爱着土地般质地、菊花般怒放的男子。月朗风清、夜色静谧，竹叶萧萧，洞箫呜呜，女子男子都随缘，随时接受别离的现实，并因此珍惜旅途中的邂逅。

为一个陌生男子持有毫无隔膜的亲密，一见如故的感觉，林黛玉也如此，和现代独立女子一模一样。只是林黛玉尚在另一条时空隧道，安妮宝贝强大的内心力量还无法照射到那个幽僻角落。只能惺惺相惜，透过岁月的水痕传递某种孤介的愉悦质地。

林黛玉病了，陷入自我折磨，只见贾宝玉的殷勤问候，没有了薛蟠的任何音信。薛宝钗隔三岔五过来看望林黛玉，言谈中不时提起哥哥给她买来的花儿粉儿，而她自己是从来不喜欢这些花儿朵儿的。林黛玉听着，如坐针毡，听不到薛蟠的消息，不知为何却又若有所失。其实，林黛玉何等聪明，她看出薛宝钗的成全之意已经满满当当。

林黛玉活在尴尬里，一想到司棋的结局，就彻夜难眠。司棋和表哥潘又安相恋，相约大观园，曾被鸳鸯看见。鸳鸯善良，主动跑去安慰司棋，保证自己不会外传。鸳鸯做到了，潘又安却吓跑了。因为约会时遗漏的绣春囊，引发了抄检大观园，司棋的秘密曝光，司棋求生不得，只好从容赴死。逃跑的潘又安回来了，有感于表姐的情义，也殉情自杀，做了对地狱鸳鸯。

一个丫鬟的恋情曝光，尚且逼死了一对有情人，何况孤标傲世的闺中小姐林黛玉？司棋的恋人尚且知道殉情，林黛玉的当事人哪里去了？

贾宝玉一如既往，一往情深，给了林黛玉无私的欣赏和无畏的保护。林黛玉一直只有一个念头，一个叩问：为什么是他而不是你？而她竟对薛蟠耿耿于怀的事实，是不是老天的恶作剧？

很难划清人和人之间的界限，更不可能界定自己。林黛玉感觉自己变成了青蛙，在薛蟠和薛宝钗慢慢加热的锅里，一点点慢慢地死掉，不知道什么是疼了。一到葬花之处，林黛玉又陷入了贾宝玉的温柔乡，越挣扎越痛苦，连呼吸都是痛的。

聪明如她，相厚如她，贾宝玉仍然令她费解。薛蟠给林黛玉的婚姻的暗示，来自他的母亲和妹妹。而北静王给林黛玉的某种暗示，似乎更神秘，竟然来自贾宝玉。

那夜，下着冷雨，林黛玉独坐无趣，伤感泛起。贾宝玉却穿着蓑衣来了，一屋子立刻充满了恍惚和沉迷。恍惚中，贾宝玉说雨具乃北静王所赐，妹妹若喜欢也弄一套送她。沉迷中，玩笑时，林黛玉自比渔婆，把贾宝玉当成了渔翁。

贾宝玉是什么表情？似乎没听见林黛玉的"夫妻"之说，似乎没看到林黛玉的脸红耳热，只是一味地"北静王北静王"。一回忆起贾宝玉的表现，林黛玉不免心慌意乱，觉得某个珍贵的东西就要失去了。自己是贾宝玉的恋人，难道贾宝玉要把她推给别人？

但贾宝玉却又始终不离不弃，装作一无所知，或者，根本一无所知，陪伴林妹妹，讨好林妹妹。

那些寒冷的梦，一个接着一个。那些梦里，她始终孑然一身。是寂寞了吗？是心寒了吗？伤心总是难免的，快乐总是短暂的，红楼美梦很快化作噩梦，你看，就连花柳繁华地都变成了白茫茫大地。

那个春季的桃花，顽强地在记忆里飞舞，柔软的、粉嫩的，一片片、一团团。那个泥土里的花冢，执着地在眼前晃动，一片花心，一团花影，浅浅的、松松的。而那温暖的花瓣和温柔的花冢，却再也不会出现在梦里，冰天雪地占据了梦的灵魂。

秋霜

繁华落尽，铅华洗尽。贾府败落，贾母离世，贾宝玉娶了新媳妇，新娘不是林黛玉。

对大观园，她没有任何牵挂，而大观园，也不再需要她的哪怕一点多情。林黛玉身轻心淡，回到了苏州老家，带着紫鹃和雪雁过起了日子。家里仍然栽种竹子，只是几株瘦竹，兀自站立。挖了个池塘，夏看莲花，秋看枯荷。

种竹养花，也算雅事一桩，潇湘妃子、芙蓉花主的雅号却再也不会提起。竹子不哭了，心却掏空了。荷花枯萎了，莲蓬也结籽了。

冷了，寒了。一如瓦楞上的白霜，土路边的露水。贾宝玉的丝丝温暖只是暂时暖着林黛玉，而这温暖又带给了林黛玉新的寒冷。失去依赖还不如从没有这依赖，而贾宝玉注定了是要失去的，薛宝钗还在那里运筹帷幄呢，金玉良缘的紧箍咒已经戴到了他的头上。

她的离去，忤逆了北静王，惹恼了薛蟠，疏远了贾宝玉，也伤害了自己。紫鹃对她说，你一下子成了"男人的公敌"。

一直以来，林黛玉对贾宝玉是多么情有独钟，又多想和贾宝玉白头偕老。薛氏一家的觊觎，贾宝玉的背叛，亲人的离世，害了她的信仰，伤了她的尊严，她已经没有了营造新生的热情，也失去了迎接真爱的勇气，那些伶牙俐齿和尖酸刻薄，也早已化作了天籁之音和寂静敦厚。

不哭了，会笑了。撕心裂肺地哭过了，所有的泪水都给了贾宝玉。为一个人哭，只有一次。伤害过后，那个不可或缺的人，已经变得可有可无。还爱吗？也许，但疼痛真的很远很远了。

这个世界谁离了谁都能活，而之前她却认为活不下去了。伤害，逼人坚强，催人蜕变。美满的婚姻和爱情，一直是她的追求。这个专注而唯一的追求，曾让她多么恐惧失去，多么害怕失败。而今天，她却坚决而宁静，绝不愿意苟且在暧昧的阴影里，更不愿意成为贾宝玉和薛宝钗美满婚姻的粘合剂和催化剂。聪慧的林黛玉自然绝地逢生，死而后生，终于从精神地狱里走了出来。

娶了薛宝钗的贾宝玉，迷失在政治风云和油盐酱醋里。越是真爱，越是珍重。林黛玉和贾宝玉无论多深爱，也只不过是打打闹闹，从来没有过身体接触，虽然贾宝玉也想摸林黛玉的手臂，也想和林黛玉同用一个枕头，也曾和林黛玉大谈崔莺莺和张君瑞这对如花美眷的爱情喜剧。

后来，薛蟠几次托人带信，要来看望林妹妹，均被林妹妹拒绝。亲戚就是亲戚，失去了贾宝玉也不必接受薛蟠。林黛玉曾赶着薛姨妈叫妈妈，也被薛宝钗戏称为嫂子。那所有的玩笑，所有的过往，成了林黛玉的宿命和缘分。既然命运使然，林黛玉也便释然。

毕竟，贾宝玉和薛蟠都在这个世界好好地活着。毕竟，夏天的阳光照进了林黛玉的心田。活着，扶持着，呵护着。无怨无悔，不疯不傻。都说贾宝玉和薛蟠各自的婚姻还有变数，谁知道呢？

薛蟠的妻子是妒妇，红颜短命。贾宝玉的妻子是淑女，红颜薄命。既然一切都有定数，那就心安理得地活着吧，活足这一生，看看后面还有什么故事什么过客。

向死而生，爱情的最高境界。死而后生，人生的最高境界。林黛玉，在心里死过几回的人，一旦死而复生，为爱而死为自己而生，日子便过得行云流水起来。只是夏夕的梦里，依然那么寒冷，彻骨的寒冷，如腊梅的清香，丝丝缕缕，若有若无。

　　如果能回到质朴的当初，我会如何让自己一生温暖？林黛玉问自己。眼前，光影浮动，却怎么也看不清楚贾宝玉、北静王、薛蟠的面容。

　　脚边一朵美丽小花。一旦往前走，就带不走了。如若强行带走，花儿也就枯萎了。人总要往前走，世事大抵如此。林黛玉给了自己答案，不再认为贾宝玉欠她一个说法。

十年一觉红楼梦

盛夏，一株茉莉香汗淋漓。寒冬，一剪寒梅傲立雪中。

昨天她对我说："你有硬骨，真不容易。"前两天她对我说："看到了你内心的力量，你一直是我羡慕的对象。"今天她对我说："你看到了太多的肮脏，却因坚守赢得了尊重。"她她她，是三个可敬女性。由此，我开始衡量轻重，打量得失。

安妮宝贝、张大春以及慈悲

百忙之中，重读庆山的散文集《得未曾有》，感觉与上次完全不同。书中四个人物，以放手世俗的姿态坚守着自己的人生。如果你不了解古意和朴风，他们的生活对你来说就是"冰"，而你就是"夏虫"，所谓"夏虫不可语以冰"是也。

庆山就是安妮宝贝，她在书里写到一些人生况味，比如弹古琴的苏州人叶老太太。"一些对古人的精神世界有共鸣和寻求感的人，试图学习它，与之产生连接。它仍牵动人的情思。美的事物，生命力刚强，不会无故消亡于这个世间，仍会在不同时空的心灵之中传递和影响。"庆山这段话说得好，我有同感。

桨声灯影里的秦淮河氤氲水声，王导谢安的堂前燕呢喃琴声。品着茶，我们听古琴金陵派传人桂世民先生谈琴复弹琴。他不疾不徐，干净从容，强调基本功，讲述琴坛旧事。听他抚起《长门怨》，我想到的竟然是"慈悲颂"。想到他在秦淮河边抚琴，"名画要同诗句读，古琴兼作水声听"这副对联出现在我眼前。匪夷所思。

"窈窕淑女，琴瑟友之。"《诗经》里的这句话，很多人都会背，我也不例外，但是它所传达的友好和美好，我是直到今天才深有体会。"心骨俱冷，体气欲仙"。多年来我都觉得"冷"比较好，但一直找不到一种语言的根据、文化的认同，直到今天才有所释然。"古琴藏虚匣，长剑挂空壁"。我读中国台湾作家张大春的小说《大唐李白》，被这句话打动，虚空之说韵味无穷，而左琴右书更是中国知识分子的理想生存状态。

放下书，我才发现自己没洗脸没刷牙，洗过的衣服也忘了晾晒。如果一个女人不再为日渐衰老的容颜花力气、下功夫，那大概是因为她有了新的追求。如果一个人右手的指甲长、左手的指甲短，你一定要想到他可能会抚琴。

石榴开花，蜡梅结果，突如其来的夏天。青年节，古琴课，突如其来的爱好。

五四青年节，本来和我没什么关系，不过我在那天晚上却第一次抚弄起了古琴。此后的日子，也许我将暂时"弃文从琴"，开启另外一种业余生活。

累了，真的，当歌声从音乐的翅膀上脱落，当文学从理想的翅膀上剥落。十年一觉红楼梦，也算努力，也算张扬，因为文学路上不能不表达。

"从这个繁忙的五月开始，走回自己的内心，回归曾经的天真，如同一株花一棵树，隐于角落，遁入生活"。正当我暗暗打算"弃文"的时候，接踵而至的六月却给了我惊喜：我的散文集《纵横红楼》获得了全国性散文奖项，拟写的长篇报告文学获得了省作协"重大题材"文学项目的立项，中国作家协会创作之家也向我吹来了凉爽的风。

六月，我终于也能"得未曾有"；十年，在表达中填满努力的沙。曾经，如鱼去鳞，似蛾扑火；如今在对立中和风细雨，在对比里成就美感。

"所有人都说：梅花香自苦寒来。是的，我对她这十年之苦之寒感同身受。所有人都说：宝剑锋从磨砺出。是的，没有磨砺哪来思想之锋和洞见之锋。那些鼓励她的、赞赏她的，感谢你们！没有你们，她哪来的创作意气？那些阻挠她的、诅咒她的，感谢你们！没有你们，她哪来的行走锐气？"家人的话，直抵我心。

2007年前，一直简单快乐，乏善可陈。此后，是在人性的丑陋中砥砺前行的十年，是在无数的障碍中艰难突围的十年。即便在那样的困境中，我也收获了很多信任和支撑，上天既有好生之德，人们亦有容人之量！

"读者说，我说出了他们想说而不敢说或者说不出的话。既然没有功利心，没有攻击性，我所说的真话就不会妨碍任何人、伤害任何人。"这是八年前的答记者问。回首那些问与答，感觉自己真诚而天真，但是又有什么不好呢？曾经的很多说法、很多做法，至今我仍在坚守，只不过换了个方式。

红楼、李白以及古琴

先生说我最近我在家有两个动作，一是躺下拿手机，二是坐起抚琴弦。其实，在我心底深处，潜藏着一个学琴的美梦，久久不醒，也迟迟未动。人到中年，能回归少年的梦想，真的很知足，那中间隔着的几十年似乎一下子变成了一道闪电。

很奇怪，我所喜欢的古琴曲不是《流水》不是《酒狂》，不是"老梅"（旧谱的梅花三弄）不是"新梅"（新谱的梅花三弄），而是戈矛纵横的《广陵散》以及绿深门户的《长亭怨慢》。

"予颇喜自制曲，初率意为长短句，然后协以律，故前后阕多不同。桓大司马云：昔年种柳，依依汉南。今看摇落，凄怆江潭。树犹如此，人何以堪。此语予深爱之"。宋代姜夔的"序"和黛玉的《葬花吟》异曲同工，沪上女红学家萧凤芝女士的微信也引起了我的兴趣："当初，故宫博物院造册登记的'破琴一张'，经管平湖先生亲手修复，即今日之'大圣遗音'琴。能看到破琴，是好大的福分！"

我对萧老师说，古琴与中国的文化一脉相通，甚至可以称为中国的文脉；古琴也与国人的气节一脉相承，以至堪称国人的脊梁。《孤竹君》一曲，孤竹君固然令人感慨，他的儿子伯夷叔齐"不食周粟"的朗朗硬骨更是令人唏嘘。

是的，有人居庙堂之高，有人处江湖之远；有人处处三叠阳关，有人夜夜梅花三弄。曾经，王维的《送元二使安西》变成了古琴曲《渭城曲》和《阳关三叠》，李白的《秋风词》、姜夔的《长亭怨慢》进入了古琴曲，今天，《红楼梦》组曲也被移植，成为古琴曲。

金陵，金秋。每一条巷陌深处都藏着有趣的风物，每一栋楼房高处都住着有趣的人物。秋日午后，在秦淮河畔一栋居民楼里见到了葛勇先生，他是古琴版《红楼梦》组曲移植演奏者，也是中国首位古琴佛咒梵唱者。

两个多小时的时间里，听他弹古琴，说昆曲，唱红楼梦，吟大悲咒，有一种深深的震撼与触动。"古琴真正的内涵还是在古曲当中，我有那么多曲目量，但自己在家里弹的除了'红楼梦'全是古曲。好的音乐作品没有古今"。他真诚地说。

学生时代我就喜欢读《牡丹亭》"剧本"，而我最喜欢的《红楼梦》又不乏《牡丹亭》元素，所以我对《牡丹亭》情有独钟。等到葛老师弹唱昆曲"皂罗袍·好姐姐"一段，听者刹那间灵魂出窍。葛老师能背诵整本《牡丹亭》，却没上过大学，曾经边打工边拜师，如今依然每天练琴四五个小时，指甲出现了裂痕也不耽搁。

《红楼梦》中，出现了铁槛寺和馒头庵。铁槛寺是王熙凤弄权的地方，据说原型就是南京佛心桥的香林寺。"纵有千年铁门槛，终须一个土馒头"。铁门槛与土馒头，出现在南宋范成大的《重九日行营寿藏之地》一诗里。

当妙玉自称"槛外人"时，宝玉得岫烟指点，自称"槛内人"。"槛内人"贾宝玉后来成为真正的"槛外人"——出家人，在尘世历练后终于觉悟了、成佛了——好就是了，了便是好。

一名法号悟澹的年轻和尚对《红楼梦》的看法颇为新鲜。他说，其实苦是可以让一个人觉悟的，"身不苦则福禄不厚，心不苦则智慧不开"。林黛玉的出现，就是要让贾宝玉一步一步做到"断舍离"。他认为《红楼梦》里面没有讲爱情故事，而是一场开示：只要去深爱，一定会是一场悲剧。

从这个意义上来看，悟澹也许就是宝玉吧。悟澹那句"只要去深爱，一定会是一场悲剧"和张大春的"百情无碍，一痴害人"思路一致。

"漫无行方也漫无止境地游荡，似乎是唯一的救药。而他每过一处，每遇一人，每经一事，每吟一诗，都借助于陌生之感而觉得自己宛然一新，暂时忘却了、也摆脱了自己的过往。"提到李白，张大春的话令人意外。

李白就是再洒脱，也会忧谗畏讥，也会有所顾忌。一千多年后的我，又何尝不是呢？

"我们从她的作品里，看到的只是有限的人和事——她关心的、热爱的。那些她不关心更不热爱的事情，成为一个巨大的黑洞，吞噬了读者对她生活的所有关注。她以清瘦的形象示人，不丰满，不厚重。人们只看到她对红学的专注、对三口之家和大自然的关注，好像日常的俗事琐事皆与她无关，她简单、纯粹。她是神"。这是他随意记录的一段话，源于我俩随意的聊天。什么是神？我无法言说，我无法面对。因为不是人过的日子，所以被迫成了神。

"您不知道，沉默包含了多少力量，咄咄逼人的进攻只是一种假象，一种诡计，人们常常用它在自己和世界面前掩饰弱点"。感谢不同时空里的卡夫卡替我做了回答。

有只黄色的猫，它喜欢坐在黑色车顶上。我经常见到它，在秋天的地下停车场。它大睁着眼睛，机灵而警觉，我一靠近它就起身，我走开了它再坐下。有时觉得，我们很像那只猫——希望拥有一席之地，却也终能随遇而安。

最近我又经常见到一只猫，一只黄色的猫，总爱坐在财神庙前，眼神忧郁而高傲。看着它，我竟然想到了"天生硬骨"这四个字，真是匪夷所思。

人，活在关系里

我逐渐重视起关系。

曾经，我的关注点在事件——一个，一个个，我的注意力在人物——一个，一个个。我剖析，我怜悯。

后来，我发现了它们之间的关系——绝不孤立，我注意到他们之间的关系——错综复杂。我连接，我联系。

人，活在坐标上。经纬、纵横。

人，活在帷幄中。峥嵘、丘壑。

经纬、纵横，峥嵘、丘壑，织就了关系网，形成了朋友圈。

成功，是一种关系

宝钗有点丘壑，有点经纬，不影响她的形象，反而使她更丰满。黛玉有点峥嵘，有点纵横，不违背她的心性，反而使她更立体。

失败，不仅仅源于敌人，有可能因为某种关系。黛玉和宝玉的"木石前盟"，为何敌不过宝钗和宝玉的"金玉良缘"？黛玉的"咏絮才"为何抵不住宝钗的"停机德"？不是黛玉不如宝钗，不是"木石"不如"金玉"，而是关系使然——黛玉的关系不如宝钗的。

黛玉，虽然父母双亡，可是贾母宠她，宝玉爱她。宝玉，虽然"古今不肖无双"，可是贾母疼他，黛玉爱他。美中不足，贾母、宝玉、黛玉，都不是关系的对手。

暂且以王夫人为坐标，看看宝钗的经纬度，看看她在贾府的位置。

王夫人是宝钗的姨妈，薛姨妈是宝钗的母亲。王夫人和薛姨妈是亲姊妹，她们有一个共同的兄弟叫王子腾，宝钗和宝玉有个共同的舅舅叫王子腾，王子腾任京营节度使，后升为九省统制直至九省都检点。

别忘了王夫人的内侄女王熙凤，她是贾赦的儿媳妇，却是荣国府的女当家，贾母的开心果。王熙凤回忆娘家的辉煌历史，接驾之事"我们王府也预备过一次"，"那时我爷爷单管各国进贡朝贺的事，凡有的外国人来，都是我们养活。粤、闽、滇、浙所有的洋船货物都是我们家的"。王熙凤的爷爷自然是王子腾的父亲。

王夫人和王熙凤两个女人，通过姻亲连接起了"贾王薛"三大家族。

一时间，王夫人的姐姐、外甥和外甥女、内侄女，欢聚一堂，聚结一团，以亲情与亲戚的名义，向爱情和婚姻渗透。

王夫人的娘家——名门望族，王夫人在夫家——身尊位重。王夫人是贾政的嫡妻，育有二子一女，是元妃的母亲。元春，即便自己不愿意不主动，也会起到连接宫廷内外的作用，何况她在弟弟宝玉的婚事上有着明确的暗示和重要的话语权。

年迈的贾母即便精明，孤独的黛玉即便聪明，又能如何？"贾王史薛"四大家族，只有"史"是贾母的娘家。远在南方的林家人丁不旺，林黛玉更是母丧父亡。

即便宝玉执念"木石前盟"，即便宝钗只念"金兰之义"，又能如何？宝玉不得父亲和伯父青睐，父亲贾政重打他，伯父贾赦要把爵位传给贾环。宝钗一介女流，纵有青云之志，纵然丘壑在胸，关键时候也只能做个"随分守时"的乖乖女。

宿命，是一种关系

关系上，林黛玉自然不敌薛宝钗。没有关系的林黛玉再遇上林贾两家"命短"的诅咒、早夭的"紧箍咒"，就更具悲剧性了。

不曾拥有过，又何谈放弃？放弃是拥有者的资本，失去是拥有者的宿命。宿命，也是一种关系。

林家人丁不旺，林如海贾敏夫妇只生一女林黛玉，夫妻俩先后亡故，林黛玉也春秋短暂。贾家人丁兴旺，支系很多，但荣国府似乎面临早夭的诅咒，戴着恐惧的紧箍咒。

贾敏是贾母最小的孩子，"仙逝扬州城"时，才是几岁孩子的母亲，应该还是绰约少妇。冷子兴演说荣国府时告诉我们，贾政这一辈，贾家有四个女儿，小说开始时，这四个女儿都已经过世。当然，贾敏是"荣府中赦、政二公之胞妹"，贾母惟一的亲生女儿。林黛玉初进贾府，贾母就悲伤难抑地对林黛玉说："我这些儿女，所疼者独有你母，今日一旦先舍我而去，连面也不能一见，今见了你，我怎不伤心！"

贾敏的地位和尊贵从王熙凤和王夫人的言谈中可见端倪。王熙凤称赞林黛玉"这通身的气派，竟不像老祖宗的外孙女儿，竟是个嫡亲的孙女"，可以想象贾敏当年的风采和韵味。王夫人和王熙凤谈到贾家小姐们的处境，唉声叹气："你说的何尝不是，但从公细想，你这几个姊妹也甚可怜了。也不用远比，只说如今你林妹妹的母亲，未出阁时，是何等的娇生惯养，是何等的金尊玉贵，那才像个千金小姐的体统。如今这几个姊妹，不过比人家的丫头略强些罢了"。王夫人的话透露出贾敏待字闺中时的娇生惯养和金尊玉贵，也遗憾如今贾府几位小姐的生活失去了"千金小姐的体统"。

就是这么一个娇生惯养的千金小姐，却未能安享金尊玉贵的生活，抛下年幼的爱女、教养极好的爱夫离世而去。不久，林如海去世，此后，林黛玉也魂归离恨天。

到了贾政的下一代，王夫人育有贾珠、贾宝玉和元春，庶出的有探春和贾环。贾珠婚后不久便离世而去，元春地位尊贵却在壮年香消玉殒，当时好像已经怀有"龙种"。

贾珠十六岁迎娶李纨，很快就生了孩子贾兰，不到二十岁却夭亡了。后来，贾母不主张贾宝玉和林黛玉过早谈婚论嫁，大概怀着深深的恐惧，担心宝贝孙子和外孙女早夭。贾宝玉和林黛玉的婚事一拖再拖，既有国丧、家孝等因素的存在，也有贾母的顾虑在内。后来，贾母逝世，没有人为宝黛的爱情做主，宝黛爱情因此搁浅，"木石前盟"无法实现，酿出了人间悲剧，导致贾宝玉出家为僧。

元春是贾府的骄傲和靠山。一天，这座靠山却轰然倒塌，没有明显征兆。元春的死因不明，判词和红楼梦曲均暗示着她的夭亡。元春承受着什么压力，她的死亡又隐藏着什么秘密都不重要，重要的是"荣华正好"时，"无常又到"——元春死了。

对贾政来说，嫡出的三个孩子，两个死了，一个出家，真是巨大的悲哀，太深的痛苦。死了的孩子一个是长子，一个是长女，何况长女还是个皇妃。"神采飘逸，秀色夺人"的贾宝玉出家了，正应了"不孝有三，无后为大"那句话，彻底断绝了贾政的期望。至于"人物委琐，举止荒疏"的贾环，虽贾赦对他"青眼有加"，但到底能给贾政多少希冀，我们不得而知。

贾母高寿，爱女贾敏、孙子贾珠、孙女元春、外孙女林黛玉却早早离世而去。这些人，生前贾母都曾真心爱过疼过。"白发人送黑发人"，造就了贾母享受当下、追求享乐的人生态度，她豁达、大度、开朗、慈悲，是一个欣赏美丽、包容青春的老太太。

荣国府的紧箍咒，从何而来？贾家的生死录，所为何来？"欲知命短问前生，老来富贵也真侥幸"，《红楼梦》给了我们这么一句含混而警醒的解释。

"'他沉沦，他跌倒。'你们一再嘲笑，须知，他跌倒在高于你们的上方。他乐极生悲，可他的强光紧接你们的黑暗。"尼采的话语，散发骄傲而睿智的光芒。

丘壑，是一种关系

人，总得活在关系里。有关系的没关系的，都得活在关系里。关系，有缔结也有瓦解。"好一似食尽鸟投林，落得个白茫茫大地真干净"，这是曹雪芹安排的小说结构与人物命运。

人，总得有点丘壑。有丘壑的没丘壑的，都得活在丘壑里。丘壑，是人心的也是画卷的。"大痴胸次多丘壑，巨颖人间识凤麟"，这是浙江富阳黄公望结庐隐居地的一副对联。

与人为善，也要与己为善；原谅别人，更要原谅自己。世路不易，切勿求全；花样年华，需懂丘壑。看着《红楼梦》，想着丘壑与关系，我的"意识""流"到了自己的人间四月天。

在杭州在苏州，在繁华地在富贵乡，"初见"的他与她，都说我静。也许，"静"是我热闹生活的倒影。如果说安静是热闹生活的倒影、丘壑是豁达人生的投影，那么关系就是摇曳的水面。黛玉，宝钗，宝玉，都在水面上。你，我，他，都在水面上。

"禅家能自静，住处是深山。门外事虽扰，座中人亦闲"。真净禅师的话，先生随意一写，我看了又看。"读书随处净土，闭门即是深山"。

明代文学家、书画家陈继儒，在《小窗幽记》里这样表达。

人常说"高处不胜寒"，却忘了高处还有一个好处：安静。一度，我深居简出，隐遁于"深山"聆听寂静的声音。近几年，认知的改变，让我自觉"转向"，走出自己的"深山"，立于自己的"水面"，看看滚滚红尘，听听痴痴情深，波澜不兴，或者水波微澜。热闹生活，自然也会成为我安静内心的倒影。我，有这个自信，因为确信自己有这个定力。

"修行不在清静田，真修就在红尘练"。画农所言，极是极好。人，活在关系里，文学，又岂能回避得了丘壑？所以我坦然地向黛玉的峥嵘、宝钗的纵横以及错综复杂的关系致敬，真挚地向关心我的女士们帮助我的先生们致谢。

对于我的红楼随笔，你可以用红学的标准来衡量，用文学的目光来打量，也可以在红学与文学间架起"桥梁"，如同我在梦里梦外、槛内槛外搭上"彩虹"。

出戏入戏、出将入相，作为阅读者，有什么不好？男子，无需委屈求全、求全责备！

既然提到"丘壑"，既然说着"纵横"，那么就是心胸与视野的表达，眼光与品味的传递。

丘壑、纵横，作为女子，有什么不对？女子，何必楚楚动人、惺惺作态！

爱比受多了一颗心

从《红楼梦》里，我读懂了窍门——世情人情爱情的沧桑变迁，看出了学问——官场情场职场的纷繁芜杂，学会了接纳——风流风雅风骨的纵横捭阖。

享受与忍受，爱与受，看上去如此相像，恍若兄弟姊妹。却又，貌合神离，如同冬冰与夏虫。如果，你用繁体字书写"爱"，你会发现爱比受多了一颗"心"。

没意思的意思

那年端阳节，宝玉过得并不好。调戏金钏、痴及龄官，对黛玉、宝钗造次，与晴雯、袭人口角，爱博的他做了不少"没意思"的事，为的却是寻求一点"意思"。或吵或闹，或讥或讽，女子们给了他不少"没意思"，心劳的他却能在服软中找到了那点"意思"。

"你死了，我做和尚去"。你看，宝玉刚对黛玉发过毒誓，转头又当着黛玉的面对袭人如此表白。第一次听这话，黛玉"登时把脸放下来"，质问宝玉有几个身子做和尚去；第二次听这话，黛玉"抿着嘴儿"，笑说从今后都记着宝玉做和尚的遭数儿。可见，誓言不能多说，多说就不要重复，重复也最好对着同一个人。

风闻张道士为宝玉说亲，黛玉恼了，百般排斥宝玉的"好姻缘"。听到宝玉拿自己比杨妃，宝钗冷笑，自嘲"只是没个好哥哥好兄弟可以做得杨国忠的"。因为造次，颦儿也生气——骂他的"好姻缘"，宝儿也多心——骂他是"杨国忠"，宝玉由不得脸上"没意思"。

"只是没个好哥哥好兄弟可以做得杨国忠的"，确是宝钗敏感了。她进京本就为了选秀女做嫔妃，后来却没了声息，她自己做不成元春那样的贤德妃，薛蟠也就没有了元妃那样的好姐妹。"等闲变却故人心，却道故人心易变"，宝钗的心境变了，宝玉也就成了"哪壶不开提哪壶"的主。

于是宝钗"借扇机带双敲"，嘲弄宝玉黛玉二人"负荆请罪"。宝黛钗"辣辣的"情形，自然瞒不过凤辣子，凤姐故意问大热的天谁还吃生姜呢。宝玉黛玉二人心里有病，因为他俩名为"道歉"，实则"情探"，宝玉"越发不好意思"。

多情女情重愈斟情，没意思的人专做没意思的事。这不，宝玉又去"惹是生非"了。他到午睡的王夫人跟前调戏金钏，引发金钏被王夫人赶了出去，毫无回旋余地。宝玉"没趣"，忙进大观园，却看到龄官在蔷薇花架下专注画"蔷"，大有黛玉之态，想一想自己造次之事，"越发没意思了"。冒雨回到怡红院，对着迟迟不开门的袭人就是一脚，弄得袭人半夜里吐起血来。

次日，正是端阳佳节，蒲艾簪门，虎符系臂。午间，王夫人治了酒席，请薛家母女等过节，却是一个最"没意思"的节日，那"烈火烹油、鲜花着锦"的日子也有淡淡的、懒懒的时候：宝玉见宝钗淡淡的，也不和他说话，自知是昨儿的缘故。王夫人见宝玉没精打采，也只当是金钏

189

昨日之事，他没好意思的，越发不理他。黛玉见宝玉懒懒的，只当是他因为得罪了宝钗的原故，心中不自在，形容也就懒懒的。凤姐昨日晚间王夫人就告诉了她宝玉金钏的事，知道王夫人不自在，自己如何敢说笑，也就随着王夫人的气色行事，更觉淡淡的。迎春姊妹见众人没意思，也都没意思了。

这么多"没意思"还不够，闷闷不乐回到怡红院的宝玉又得罪了失手摔坏扇子的晴雯。晴雯心直口快，一语中的："二爷近来气大的很，行动就给脸子瞧。前儿连袭人都打了，今儿又来寻我的不是。"

心越虚，火越大。宝玉恼羞成怒，和晴雯争执起来。袭人过来劝阻，自恃和宝玉关系亲密，脱口来了句又亲又爱的"我们"，惹得晴雯当众揭穿宝玉和袭人"鬼鬼祟祟干的那些事"，激得宝玉当场要回王夫人打发晴雯出去，引得袭人当即笑说宝玉"好没意思"。

正跪着劝着闹着，女主角黛玉来了，却又忙中添乱，戏称自己不把袭人当丫头看，只拿袭人当嫂子待。

当袭人委屈地说"死了，倒也罢了"时，宝玉赶紧送上这么一句贴心的话："你死了，我做和尚去。"当黛玉伸出两根手指、抿嘴一笑时，袭人知道自己赢得了黛玉的待遇。

惹了一堆"没意思"的事，男主角宝玉的"意思"终于显现——向袭人表白她死了他要当和尚去，让晴雯撕扇子只为博取千金一笑。

即便"没意思"，这时的宝玉也仍爱"无事忙"。他忙得连思考的功夫都没有，如何能感知痛呢？就算再吵再闹，就算被打被骂，姊妹们还都在一处厮混。喜聚不喜散，这，便是宝玉的"意思"吧。

等到姊妹分离、家园失去，宝玉的痛感才慢慢泛上来。那时，曾经爱博的他只能用无情去抵御，去消解，他该多么怀念那些"没意思"啊。

不在位的在位

刘姥姥二进荣国府，史太君两宴大观园，金鸳鸯三宣牙牌令，这样的韶华胜极，这样的欢乐盛极，这样的红火热极。所有人的注意力都在老太太和刘姥姥身上，所有人的鉴赏力都在黛玉、探春、宝钗、宝玉的房间布置上，所有人的笑点都在凤姐的插科打诨和鸳鸯的凑趣取笑上，唯独忘了她——国立大学校长的千金、贾珠的媳妇、贾兰的寡母——李纨。

李纨没有参加游览和盛宴吗？参加了。李纨没有行为与言语吗？有。"众里寻他千百度，蓦然回首，那人却在灯火阑珊处"，如果你人情练达，就会从字里行间看到她，看到她的仁厚——是那么不经意，她的才干——是那么经心。

那天，天气清朗，李纨清晨起来就看着婆子丫头们扫落叶，抹桌子，预备茶酒器皿。此时，凤姐的丫鬟丰儿来了，拿着几把大小钥匙，转告李纨："我们奶奶说了，外头的高几怕不够使，不如开了楼，把那收的拿下来使一天罢。奶奶原该亲自来，因和太太说话呢，请大奶奶开了，带着人搬罢。"

丰儿一个丫鬟，对"大奶奶"李纨如此传达"二奶奶"凤姐的指示，"在位"凤姐俨然成了"不在位"李纨的上司。李纨不是糊涂人，她绝不会纡尊降贵，便命自己的丫鬟素云接了钥匙。

凤姐的一次缺席或曰躲懒，给了李纨小试牛刀的机会。李纨站在大观楼下，一面叮嘱下人好生抬高几，一面招呼刘姥姥上去开眼界。从刘姥姥"巴不得一声儿"这句，你就知道李纨此举多么善解人意。

李纨不仅善解人意，她还有预见性。等大家一起动手抬下来二十多张高几后，李纨说："恐怕老太太高兴，越发把船上划子、篙、桨、遮阳幔子，都搬下来预备着。"

李纨预备下了撑船的物事，又命小厮传姑苏驾娘们到船坞里撑出两只船来。李纨这样自作主张，贾母是何反应？曹雪芹先生没明说，给了你自己琢磨的空间。

到了黛玉的潇湘馆，说起黛玉的绣房像书房，贾母想起了宝玉，却没见到宝玉的人影。得知宝玉在池子里的船上，贾母问："谁又预备下船了？"李纨忙说："我恐怕老太太高兴，就预备下了。"贾母听了，方欲说话时，有人回说"姨太太来了"。曹公卖了回关子，贾母的态度仍然不甚明了。

直到离开潇湘馆，贾母才说"他们既然预备下船，咱们就坐一回。"贾母一坐就不是一回，这不，从探春处出来，贾母又上船了。此次，贾母、王夫人、薛姨妈、刘姥姥、鸳鸯同乘一只船，"次后李纨也跟上去"。迎春姐妹等并宝玉同乘另一只船，随后跟来。

此时，凤姐在哪里？凤姐理所当然地上了前头贾母那只船，立在船头，也要撑船。贾母在舱内道："那不是玩的！虽不是河里，也有好深的，你快给我进来！"凤姐笑道："怕什么！老祖宗只管放心。"说着，便一篙点开，到了池当中。船小人多，凤姐只觉乱晃，忙把篙子递与驾娘，方蹲下去。

好一个"船小人多""方蹲下去"！且不说凤姐当众打了自己的嘴，单单那颗逞强好胜的心就让人受不了啊。干活的是李纨，躲懒的是凤姐；尽心的是李纨，不尽职的是凤姐。出尽风头的是凤姐，不发一言的是李纨；善解人意的是李纨，嘲弄取笑的是凤姐。世事难料，若干年后，仗义救下巧姐的却是被凤姐取笑过的刘姥姥。

老太太乘船一事，李纨主动上前；刘姥姥被戏弄一事，李纨曾委婉劝阻。鸳鸯与凤姐合计，要学外头老爷们吃酒吃饭都有个凑趣的，拿刘姥姥做个"女清客"，"取个笑儿"。李纨笑劝道"你们一点儿好事不做"，鸳鸯却笑道"很不与大奶奶相干"。是啊，鸳鸯所言不虚，不但戏弄刘姥

192

姥与李纨不相干，就是预备撑船一事也和李纨无关。

贾母听着、看着，对于自己倚重的女当家凤辣子到底做何感想？王夫人跟着、走着，对于自己信赖的内侄女王熙凤最终做何评价？

当贾府败落，贾母知道了凤姐的斑斑劣迹，只能打破牙齿往肚里咽，弱弱地对凤姐说：我的儿，你是太聪明了，将来修修福吧。

当高中的贾兰重振门楣，王夫人面对备受冷落的大儿媳妇李纨，也许终于明白，一个人的得失成败，要用一生、几世甚至更长时间去印证。

"不在位"的在位，"不较量"的较量。当结局是那么赤裸裸，胜出的惟有心的格局——如果世间有输赢。凤姐与李纨，是结局与格局的较量——如果人生需较量。

不合作的合作

有人的地方，就有斗争。有女人的地方，就有硝烟。只不过，有些硝烟看不见，有些则是烟幕弹，很能迷惑人，让人真假难辨，是非不分。

鸳鸯拒婚骂人，是一个人的战斗，听众平儿、袭人和她的立场不一致。秋纹和晴雯比较幸运，两个人配合默契，一个唱红脸，一个唱白脸，句句含沙射影，字字飞沙走石，对着装神弄鬼、投机取巧的"西洋花点子哈巴儿狗"袭人发起女人之间的"战争"。

秋纹和晴雯通篇没有一个脏字，袭人的"免战牌"却挂不下去了，不得不出面"拾骂"，笑中带恨地预言她的同事们"一个个不知怎么死呢"。秋纹一时真诚起来，要向袭人赔个不是，袭人却又小气起来，回说"少轻狂些罢"。是啊，气量小的人，怎有大格局？

我真替晴雯捏把汗，她把袭人和贾宝玉的身体交易、袭人和王夫人的金钱交易都说了出来，袭人怎能不置她于死地？我更替王夫人捏把汗，如果她知道诱惑儿子的是袭人而不是晴雯，难道就只能咽下那口恶气？

晴雯嘴里的"装神弄鬼"是指袭人投入贾宝玉的怀抱，和贾宝玉以"我们"自称，得黛玉"嫂子"的称呼，"投机取巧"是指袭人投王夫人所好，赚取王夫人的银子，骗取王夫人的信任。

从秋纹和晴雯"不合作"的合作，我的看法是：晴雯和秋纹才是死党，秋纹挖苦人的水平绝不逊于晴雯。秋纹更无奴性，也不平庸，她只是装得"很袭人"，假装站在袭人的角度和立场上，吐露的不是她自己的心声。

为了达到效果，秋纹故意一口一个太太，一口一个恩典，而晴雯依然本色出演，为秋纹开道、引路，引着秋纹"顺藤摸瓜"地明知故问。另外，怡红院的众人也不声援大贤人、大善人袭人，一屋子人都在指桑骂槐，或者，听别人指桑骂槐。

虽然有骂声，但却无恶意，没有一个想去主子那里告袭人的密。秋纹和晴雯也很敬业，挖苦过人后便继续自己的工作，出门去取东西。更有意味的是，两人一起出来了，她俩一定有些话要说，也许是分享成功的喜悦吧，对对眼神，或者做做手势。

我不明白，为什么一些读者要说秋纹恶俗、平庸，和袭人关系又多好多好。如果说秋纹奴性十足，那她的这顶帽子也是替袭人戴的。秋纹和晴雯友善，有些研究者却非说秋纹和袭人一伙。看来，穿透真相，看明真情真不容易。

秋纹的每次出场似乎都在骂人，她骂小红，骂袭人，骂坠儿娘，就连锋芒毕露、口齿伶俐的晴雯都要请她帮忙。以前，我也从众，听信秋纹就是平庸之辈。看来，有时要听而不信，有时却又不能悔而不改。

看看《红楼梦》第三十七回的对话，耐心欣赏几个女人的一台戏，看看是否似曾相识，看看谁和谁真正友好。

这出好戏，秋纹先以宝二爷的孝心起头，用讲笑话的方式大谈老太太、太太的恩德：我们宝二爷折了两枝园里桂花，原是自己要插瓶的，忽然想起来这是才开的新鲜花，不敢自己先顽，巴巴地把那一对瓶拿下来，亲自灌水插好了，叫个人拿着，亲自送一瓶进老太太，又进一瓶与太太。谁知他孝心一动，连跟的人都得了福了。你们知道，老太太素日不大同我说话的，那日竟叫人拿几百钱给我，说我可怜见的，这可是再想不到的福气。几百钱是小事，难得这个脸面。及至到了太太那里，太太正和二奶奶、赵姨奶奶、周姨奶奶好些人翻箱子，找太太当日年轻的颜色衣裳。太太越发喜欢了，现成的衣裳就赏了我两件。

一件小事，秋纹啰唆了这么多，脾气暴躁的晴雯竟然不去打断，直到秋纹说完了，她才笑道："呸！没见世面的小蹄子！那是把好的给了人，挑剩下的才给你，你还充有脸呢。"

接下来的舞台，成了秋纹和晴雯的"二人转"。你一言我一语，直等到秋纹说"哪怕给这屋里的狗剩下的，我只领太太的恩典，也不犯管别的事"。说到此处，"二人转"变成了"交响乐"，众人发话了："骂的巧，可不是给了那西洋花点子哈巴儿了。"

袭人终于出场了："你们这起烂了嘴的！得了空就拿我取笑打牙儿。一个个不知怎么死呢。"秋纹倒是息事宁人："原来姐姐得了，我实在不知道。我赔个不是罢。"袭人却不依不饶："少轻狂罢。你们谁取了碟子来是正经。"惹得晴雯冷笑："虽然碰不见衣裳，或者太太看见我勤谨，一个月也把太太的公费里分出二两银子来给我，也定不得。你们别和我装神弄鬼的，什么事我不知道。"

对袭人，"同事们"的评价竟然不堪到如此地步，和女主子王夫人的看法、男主子贾宝玉的说法真是云泥之别。

晴雯一面说一面往外跑，秋纹也同她一起出来，自去探春那里取碟子。各人忙活各人的，一场好戏收场了。

不甘心的甘心

有些人必须舍弃，因为不知不觉成了别人的棋子，成全了别人的布局。这个人，眼看着小偷偷走了你的钱包，却和小偷暗送秋波，结成同盟，不去维护你，更不会为你去战斗。这个人，不管你怎么体谅他、原谅他，他都会记恨你，因为是你看到了他的胆怯懦弱。

反之，有些人必须争取，因为不知不觉成了你的棋子，成全了你的布局。这个人，即使地位卑微，你也要善待她，为她振臂一呼，替她说句话。李纨争取平儿，也许就源于此吧。

平儿是王熙凤的人。无论感情还是事业，无论是被羞辱还是被防范，平儿都能全身心地维护王熙凤，绝对是王熙凤的左膀右臂。为了王熙凤，她宁愿牺牲自己和贾琏的男欢女爱，自觉在同事间做和事佬，处处替王熙凤平事。

凤姐对平儿不错，却也让平儿难堪、受辱。那次，凤姐过生日，因为发现了丈夫的劣迹，不知怎么想的，便打骂平儿出气。这已经让平儿当众丢了脸，而多情公子贾宝玉私下里的体贴，更让平儿颜面不存，自尊不保。

李纨，一个青春守寡的女人，却敢于挑战凤姐和平儿工作中的上下级关系、婚姻里的姊妹关系。她不像贾宝玉那样，只能背地里为平儿做些柔情蜜意的小事，她是公开地为平儿打抱不平，竟然语出惊人：平儿和凤姐，你们两个很该换一个过儿才是。而凤姐你，连给我提鞋都不配。

女人，有时会一反常态，勇气倍增。孤高、柔弱的黛玉曾经对袭人说过"不是东风压了西风就是西风压了东风的"的豪言，颇具军事家风范；如同槁木死灰、一贯明哲保身的李纨也对大家说出了"你们两个很该换一个过儿才是"的壮语，大有江湖好汉的义气。李纨这么说，也许是为平儿打抱不平，也许是为自己打抱不平。

李纨，国立大学校长的千金，荣国府正宗的少奶奶，贾政长子贾珠的媳妇，育有一个身体棒、功课好的儿子。别忘了，贾政虽是贾母的次子，但贾母却是和次子住在一起的，荣国府的活动中心就在贾政的家。李纨作为这家的媳妇，地位的尊贵可想而知。王熙凤，只是借调到贾政家里的"空降兵"，所生也只是一个身体娇弱的女儿——按当时的生育观和价值观，王熙凤如何与李纨相提并论？

但是王熙凤就是做到了风头劲、风光好，在荣国府，在贾政家，在贾母处。李纨因为寡妇的身份，还有专职陪伴小姑子的业务，待人接物是颇有些冷漠的。

就是这么个声称讨厌妙玉为人、形同槁木死灰的女人，却不断替王熙凤的手下平儿打抱不平。李纨一般不说话，说起话来分量很重，她断定哪天王熙凤和平儿要调换位置，既是挑战也是挑衅——挑战自我，挑衅别人。

有人附会说，平儿最终扶了正，也许是在凤姐死后，也许是在凤姐生前。如果凤姐活着时平儿就扶了正，做了"二奶奶"，那凤姐情何以堪啊！

书中写道，李纨是"竹篱茅舍自甘心"。她甘心吗？

一半甘心一半不甘心。甘心于陪伴儿子寒窗苦读，不甘心被人居高临下地"同情"。争取王熙凤的手下，就是她潜意识里的自发战斗；断定凤姐和平儿会换位置，就是她自觉的战斗檄文。

至于李纨最终母以子贵，成了"凤冠霞帔"的夫人，王熙凤"哭向金陵事更哀"，无力护佑巧姐，就不知道是因果还是宿命了。

一对有情人，两次闭门羹

《红楼梦》中，多次出现"两次"现象，诸如宝黛的两次"闭门羹"，黛玉的两次葬花，宝玉的两次闻香，袭人的两次打断。

两次，不是无力的"复制"，不是无意的"撞衫"，而是有意地递进、推动，是有力的补充、完善。"两次"，有时是草蛇灰线，伏脉千里，让读者产生神秘莫测之憾；有时却是步步为营，紧紧尾随，给读者密不透风之感。

黛玉吃了一次"闭门羹"，哭了。宿鸟栖鸦不忍再听，扑棱棱飞起远避，因为黛玉"秉绝代之姿容，具稀世之俊美"。

宝玉吃了一次"闭门羹"，火了。宝玉"一肚子没好气"，当众一脚踢到袭人的肋上，弄得袭人半夜里口吐鲜血。

黛玉吃了"闭门羹"

人称，"晴为黛影"。两次葬花，都是黛玉的行为艺术，而两次"闭门羹"，又都和晴雯有关。春天里的这一次阅读，我改变了很多看法，对晴雯，对袭人，对晴雯和黛玉的"影子"关系，对黛玉和袭人的妻妾组合。

黛玉潇湘馆春困发幽情，长叹一声："每日家情思睡昏昏！"宝玉心痒，对着倒茶去的紫鹃笑道："若共你多情小姐同鸳帐，怎舍得叫你叠被铺床？"宝玉这是把紫鹃比作红娘了！言下之意，他是张生，黛玉是莺莺。春日里他俩共读《西厢》的阅读背景，给了宝玉胆敢造次的底气。

那次，读到"落红成阵"，桃树下的宝玉满身满书满地皆是花片。黛玉来后，一口气看了好几出戏文。

黛玉看了"好几出"，这是"写实主义"，"浪漫主义"的写法则是："不一顿饭时，将十六出俱已看完。"

这次阅读，宝玉第一次自比张生——我就是那多愁多病的身，黛玉自然被宝玉比作莺莺——你就是那倾国倾城的貌。这一次，两人共同掩埋落花，"正才掩埋妥协"，袭人来了，说老太太让人打发宝玉去看"那边大老爷"贾赦。

现在，春困的黛玉被宝玉的胡言乱语惹哭了，宝玉正忙着对黛玉赌咒发誓时，袭人又来了，对宝玉说"老爷叫你呢"，却不知是薛蟠把宝玉哄出去"高乐"，导致当晚黛玉吃了怡红院的"闭门羹"。玉终是担心宝玉，"至晚饭后，闻得宝玉来了，心里要找他问问是怎么样了，一步步行来。见宝钗进宝玉的院内去了，自己也便随后走了来。"不想刚到沁芳桥，见各色水禽尽都在池中浴水，好看异常，因而站住看了一会。再往怡红院来，门已关，黛玉举手叩门。

黛玉眼见着宝钗进院、宝钗出院，怡红院就是不给她开门。黛玉是宽容的，"素知丫头们的性情"，恐怕院内的丫头没听真是她的声音，也曾努力高声道："是我，还不开么？"

刚和碧痕拌过嘴，又和宝钗赌着气的晴雯"偏偏还没听见"，使性子说道："凭你是谁，二爷吩咐的，一概不许放人进来呢！"黛玉听了这话，不觉气怔在门外。

我一向认为晴雯和黛玉关系良好，应是宝黛的"红娘"与"青鸟"。很多读者都说晴雯是黛玉的影子，王夫人也说过晴雯长得像黛玉——这些都"误导"了我。后来宝玉瞒过袭人，委托晴雯给黛玉送过旧手帕，黛玉为此还写过《题帕三绝》——这个更"迷惑"了我。

"晴雯只得放下，抽身回去。一路盘算，不解何意。"今天，重读这个"插曲"，我才知道这还是个"误会"：晴雯根本不懂得"送家常旧绢子"的用意，所以也就算不得宝玉黛玉之间的"青鸟"和"红娘"。当然，这也怨不得晴雯，她是那样的简单直接，参透不了主人的心意不是什么坏事。

"有事没事跑了来坐着，叫我们三更半夜的不得睡觉！"这是晴雯把气撒在院内的宝钗身上。焉知，她不是把气撒在院外的黛玉身上？宝钗已经在院子里，院外那么熟悉的声音，声音又是那样高，除了黛玉还会是谁呢？晴雯，难道真的不知道高声叫门的是黛玉吗？

宝玉期待的妻妾组合一定是黛玉和袭人，这是两个他视作同生共死的女子，也是他愿意为之去当和尚的女子。贾母期待的妻妾组合似乎是黛玉和晴雯，这是两个模样好看、言谈爽利的女子。

我一直认为袭人奸佞，先是以身相许给宝玉，后又投奔"金玉良缘"阵营。我反思自己，之所以始终不理性，是因为太爱护黛玉，太维护"木石前盟"。殊不知，适合黛玉的家庭搭档也许就是袭人而不是晴雯——妻妾互补，夫妻尽欢。

黛玉很聪明，从来不嫉妒袭人的"得宠"，玩笑时甘心叫袭人"嫂子"；黛玉也明朗，直接告诉前来试探的袭人："但凡家庭之事，不是东风压倒了西风，就是西风压倒了东风。"

只是"我本将心向明月，奈何明月照沟渠"。袭人不懂黛玉，转而投向宝钗；袭人也不懂宝玉，从而害了宝玉。对好人生的向往，会给人们好运，也会给人们厄运——如果太过世故，太过投机。

宝玉吃了"闭门羹"

从第二十六回黛玉的"闭门羹"，到第三十回宝玉的"闭门羹"，时光已经从"春困"走到了"伏中"，主角也从黛玉换成了宝玉。

端阳节的头一天，宝玉和金钏调情，害得金钏被王夫人打骂后驱逐出去。宝玉没趣，走到蔷薇架下，看到龄官专注地画"蔷"，情定贾蔷。被雨淋成落汤鸡的他一气跑回怡红院，院门却又关着，"叫了半日，叩得门山响，里面方听见了"。开门的袭人，挨了宝玉一脚，真是难堪又委屈。

那天，大雨阻住了进园玩耍的小生宝官、正旦玉官两个女孩子，"大家堵了沟，把水积在院内，拿些绿头鸭、花鹨鹌、彩鸳鸯，捉的捉，赶的赶，缝了翅膀，放在院内玩耍，将院门关了"，袭人、麝月、晴雯几个人也都在廊上嬉笑。

在这次"闭门羹"事件中，晴雯有何作为呢？当麝月说叫门的"是宝姑娘的声音"时，晴雯怒斥："胡说！宝姑娘这会子做什么来。"

上次晴雯不给客人黛玉开门，这次晴雯又没给主人宝玉开门。上次晴雯拿宝姑娘说事，这次晴雯又不拿宝姑娘说事了。

不管宝钗来还是不来，不管吃"闭门羹"的是黛玉还是宝玉，晴雯都在搪塞，为的是不去开门。我也终于明白了她那三寸长的指甲是怎么蓄来的：平时懒得横针不拈竖针不动。

以前我只说晴雯被赶出大观园是十分委屈十二分可怜，一直都不愿承认她的放肆，不愿面对她的无知，就因为喜欢她的尖利和明丽，抑或欣赏她"病补雀金裘"的伶俐、"撕扇子作千金一笑"的率真。

晴雯满屋里"磨牙"，黛玉都得吃她的"闭门羹"，宝钗都要被她嘲弄，何况别人？宝玉吃了怡红院的"闭门羹"，都气急败坏地踩了袭人一脚，黛玉安能不生气？她只是没法踢人，只能暗地里哭泣。

《芙蓉女儿诔》一文，宝玉主创，黛玉也参与了创作，既是悼念晴雯现在的死，又是影射黛玉将来的亡。但是人性又是那么复杂，伤及黛玉的，恰好就是黛玉的"影子"晴雯。也许，人会自伤？

看着晴雯，我想起了芳官，她是戏班解散后到怡红院当差的。芳官侮辱探春的亲娘赵姨娘，欺负探春的丫鬟蝉儿，探春岂能不恼火？听听芳官是怎么辱骂赵姨娘的："你打得起我么？你照照那模样儿再动手！"真是不知天高地厚，她真以为探春不在乎赵姨娘啊？

探春"欺负"她的亲娘，那是自尊的敏感，她的亲娘不容小丫鬟欺负，同样源于敏感的自尊。

现在看来，很多人真怨不得命运。若真是命运使然，那也是性格决定了命运。若怨，怨自己。

因为宝黛的两次"闭门羹"，我改变了自己的看法。两次"闭门羹"，一次在第二十六回，一次在第三十回，看尽人情浓淡，关系厚薄。

黛玉两次葬花

和"闭门"事件紧密相连的，是黛玉的两次"葬花"行为。第一次在第二十三回，黛玉还没吃怡红院的"闭门羹"，宝黛二人共读《西厢》后一起埋葬桃花，那是甜蜜的恋爱。另一次在第二十七回，黛玉吃了怡红院的"闭门羹"后误会了宝玉，哽咽着埋葬"残红"，这次是深刻的伤心。

"埋香冢飞燕泣残红"那天，恰逢农历四月二十六，是芒种节，"众花皆卸，花神退位，须要饯行"。当女孩子们忙着在院子里玩耍时，黛玉却"哭"出了长诗《葬花吟》。

"明媚鲜妍能几时，一朝漂泊难寻觅""一朝春尽红颜老，花落人亡两不知"，花季黛玉由花及己，她预料的未来是这样的，怀春宝玉如何不伤心？即便说他惊心，也不为过："试想林黛玉的花颜月貌，将来亦到无可寻觅之时，宁不心碎肠断？"由黛玉推到宝钗，由他人推到自己，再由人物推到财物，"将来斯处斯园斯花斯柳又不知当属谁姓？"

葬花的黛玉是浪漫而伤感的诗人，抒发着爱情的痛和快，看着黛玉葬花的宝玉却成为冷峻的散文，越过爱情看到了生命。在黛玉个人伤痛的启示下，宝玉升华了自己对生命的认知——青春太急促，生命太短暂。

那么到底是谁误了卿卿性命？脂砚斋评点说，黛玉一生是聪明所误，宝玉是多事所误，袭人是好胜所误，宝钗是博识所误。

"黛玉一生是聪明所误"，这是别人对她的评价，同样是诗人的苏东坡却自称"我被聪明误一生"。只是今天的我们，又该如何做到不误卿卿性命？

"与其是是而非非，善善而恶恶，不如两忘而化其道"。突如其来的，是庄子的这句话。

宝玉两次闻香

须眉到底爱红颜的什么？皮肤，还是身材？容颜，还是气质？味道，还是品味？

闻香，是宝玉试探恋人、探索世界的最佳方式。宝玉迷恋过宝钗的冷香，更沉醉于黛玉的幽香。"意绵绵静日玉生香""潇湘馆春困发幽情"，都写到了黛玉的香和宝玉的闻香。宝玉不是"闻香识女人"的男子，他没那么俗气势利，但却是一个喜爱女子香的男子，不然也不会动不动就吃女孩子的胭脂。

"玉生香"那次，是在元妃省亲后，天儿还很冷——大约在冬季。宝玉"揭起绣线软帘"，把午休的黛玉唤醒，要和黛玉在一个枕头上"歪着"。宝玉愉快地被黛玉骂过"放屁",又安心地让黛玉拿手帕揩拭脸上的胭脂膏子,此时一股"醉魂酥骨"的幽香从黛玉的袖中发出,恰到好处。

"发幽情"是宝玉第二次闻香,发生在黛玉春困时。宝玉"信步走入"潇湘馆,只见"湘帘垂地"。这次更甚,宝玉刚走到窗前,"觉得一缕幽香从碧纱窗中暗暗透出"。悄无一人的屋子,"发幽香"的黛玉干脆顺带"发幽情",细细地长叹一声:"每日家,情思睡昏昏。"

第一次闻香,黛玉骂过宝玉"放屁"后意犹未尽,接着骂他"蠢才",宝玉随口编出"耗子精"的"故典",就为林老爷家的小姐取名"香玉"。两个人正打情骂俏时,宝钗来了。第二次闻香,黛玉被宝玉自比张生的"语境"吓哭了,宝玉正赌咒发誓时,袭人来了。

宝玉两次闻香,都在黛玉午睡时。宝玉两次闻香,也都被他的"追求者"打断。而两次葬花,又都有袭人走来说事。

"每到此等时候,总有袭人分散。袭人之所以为情之魔也。而后来谗构,自然无话不说"。《桐花凤阁评红楼梦》,陈其泰先生说得中肯。

闻香,自然是甜蜜的,所以黛玉"有意"对宝玉说:"真真你就是我命中的'天魔星'"。恋爱双方被打断,自然是恼火的,所以黛玉"故意"当着宝钗的面对宝玉说:"可知一还一报,不爽不错的。"

闻到黛玉的香,宝玉竟能"醉魂酥骨"。看到黛玉"风流婉转",薛蟠一下子"酥倒在那里"——也许,擦肩而过时,薛蟠闻到了黛玉缥缈的香?哈哈,两个男人,一个"酥"字。一个"酥"字,道尽林妹妹在男人眼中的烟火气和红尘味。

香是什么?不敢说,不好说。而闻香,却能"活色生香"。

万物闻香止恶,这是宗教意义。人们闻香生情,这是生活之乐。宝玉痴迷于黛玉的香,是志同道合之外的气味相投,是精神吸引之外的世俗需求。